COLLECTION FOLIO

Noëlle Châtelet

La courte échelle

Gallimard

Noëlle Châtelet est à la fois universitaire, comédienne et écrivain. Maître de conférences de lettres, on l'a vue à la télévision, notamment dans la série allemande des *Buddenbrooks* et au cinéma dans *Les autres* d'Hugo Santiago, *Vera Baxter* de Marguerite Duras, *La Banquière* de Francis Girod.

Entre *Système de l'agression,* un texte introductif à la philosophie de Sade (Aubier-Montaigne, 1970) et un autre essai sur Sade, *Justine ou les malheurs de la vertu* (Gallimard, coll. Idées, 1980), elle publie sa thèse d'esthétique : *Le corps à corps culinaire* (Seuil, 1976). Elle en tirera son premier livre de fiction, *Histoires de bouches* (Mercure de France, 1989, coll. Folio).

À travers *La courte échelle* (1991), Noëlle Châtelet poursuit son œuvre romanesque, sans pour autant renoncer à son voyage autour du corps avec un nouvel essai : *Trompe l'œil, Voyage au pays de la chirurgie esthétique,* paru aux Éditions Belfond en 1993.

Pour Antoine, mon fils.

Un jour dans sa vie, Jeanne aura senti sur sa peau le printemps violer l'hiver.

De ce viol elle parlera longtemps comme d'un charitable outrage.

Viol prémédité car des semaines durant, le même rai de soleil juvénile est demeuré prostré derrière la fenêtre de la chambre, n'osant franchir la vitre, impressionné par l'ombre opaque du chagrin poisseux comme la suie.

Pourtant un matin, la poussée devient impérative. Le soleil veut voir Jeanne de plus près, la toucher. Brûlant de lumière, il traverse d'un jet l'épaisseur endeuillée de l'air et va se poser sur l'épaule si souvent espionnée. Rebuté par la laine rêche et hostile de la robe de chambre, il glisse le long de la manche, passe le coude, dévale la cuisse pour atteindre la cheville nue. Là, il ne bouge plus.

Maintenant qu'il la tient, ce qui lui importe au soleil, c'est de l'émouvoir cette cheville nue de femme, jusqu'à la contrainte, jusqu'à en abuser s'il le faut.

Viol lent car est lente à venir la sensation de tiédeur sur la chair encore glacée d'effroi.

Jeanne est plaquée au sol dans la seule attitude qui lui permette de résister lorsque la souffrance d'amour dépasse le seuil de la raison, qu'elle la terrasse, l'écrase, comme l'insecte sous la semelle fatale d'un marcheur insouciant.

D'ailleurs, elle a vite compris que dans ces moments, tout effort de lutte est vain, qu'il est vital même de se réduire, de se comprimer afin d'offrir le moins possible de soi à la dureté de l'évidence. Etre debout, c'est être encore trop grande, trop haute face au choc terrassant de la vérité. Pour soutenir cette vérité sans vertige, il faut être à terre, déjà tombée.

Là, l'air parfois lui manque et elle ne doit sa survie qu'aux anfractuosités du tapis, infimes espaces de respiration, tandis que l'âcre buée de son souffle ainsi contraint rejoint sur les murs, les meubles, les objets familiers de la chambre, la salissure du chagrin.

Le soleil donc dépose sur la chair nue son fougueux baiser d'avril, le même qui fait fondre glaciers et banquises.

Il attend, patient.

Il faudra du temps à Jeanne pour se rendre compte qu'on veut la faire fondre elle aussi, qu'on s'en prend tout simplement au grand froid de son être. Elle livre finalement la cheville de marbre à la fièvre envahissante de la nature.

Jeanne l'abandonnée pourrait s'abandonner.

Le réfléchi du verbe la rappelle à la moiteur du vivant.

Comblé, le soleil s'épanche maintenant dans toute la chambre. Un à un, les objets entrent en lumière. Jeanne au beau milieu, baignée de clarté, sent cogner en elle les furieux coups du refus. Des coups qui parlent d'injustice et même d'infamie, qui lui interdisent en tout cas de céder.

Plus la moelleuse tiédeur du soleil l'attendrit, plus les coups redoublent en violence et en nombre. Un mal nouveau, différent du mal habituel, les accompagne. Le désespoir, elle connaît mais pas ce qui s'y ajoute aujourd'hui.

Le printemps... Est-ce possible ? Se pourrait-il que le printemps puisse ainsi se présenter à elle comme si de rien n'était ?

Le téléphone va lui répondre :

« Allô ! Jeanne ? Ecoutez Jeanne, comment vous dire... Enfin, voilà. Le premier rayon de soleil sur Paris... Eh bien, j'ai pensé que peut-être... peut-être il vous ferait du mal... Alors, je voulais que vous sachiez que je comprends... Je suis près de vous, Jeanne... Au revoir, Jeanne... »

« Du mal » ? « Du mal ce premier soleil » ? Pas « du mal », aurait-elle voulu crier à cette voix attentive venue de l'extrême raffinement, « il me tue, voyez-vous ! Il me tue d'indifférence. Il me tue par l'audace aveugle, stupide, de son instinct. Il me tue de vouloir la vie jusque dans mon propre corps et surtout il me tue, lui, de n'être pas mortel » !

Ce jour, précisément, marque pour Jeanne le début de la révolte, une colère inapaisable, ligaturée au désespoir comme un greffon d'intransigeance, de mauvaise foi, et d'une violence si peu contrôlée qu'elle décontenancera son entourage, car le désespoir, il existe toujours des gens pour vous aider à le maîtriser, à lui donner forme humaine — certains en font même auprès de vous une habitude de vie, au nom de l'amitié, de l'affection et plus rarement de l'amour. Mais la révolte profonde, féconde, puisée aux racines du dégoût, tentaculaire, griffue, effrontée, décourage les meilleures âmes et on les comprend.

Survenu au plus fort de cette colère, Pierre Cambon, par exemple, ne se laisse pas entamer. La constance lui sert de courage.

Jeanne ne saisit toujours pas pourquoi cet étrange animal, fort de sa soixantaine et d'un manque notoire de complexes, qu'elle connaissait à peine pour l'avoir rencontré à une ou deux reprises à une table élégante où il avait d'ailleurs joué les rustres, pourquoi lui ne se démonte pas et comment il peut même avoir résisté au seul déjeuner dont elle lui a fait l'aumône et où, elle s'en souvient, elle a placé entre eux, sur la table, une bouillie infecte de larmes et de propos les plus cyniques sur la destinée.

Etrange animal est bien le mot.

L'exaspération de sa tête l'ayant rendue à peu près incapable de distinguer vraiment ceux qui l'entourent, Jeanne serait bien en peine de le peindre. C'est tout juste si elle saurait le reconnaître, moins par mauvaise volonté que par difficulté à se concentrer, à fixer sa mémoire occupée du seul et obsédant visage de l'absent. De Cambon ne lui reste que des impressions qu'elle module à chaque fois qu'il lui téléphone.

Impression de force d'abord, oui sûrement, mais non de cette force qui transpire des hommes de soixante ans aguerris à toutes les formes de pouvoir sur les autres et sur eux-mêmes : une force un peu primitive, de celle qui ne s'acquiert pas mais s'impose comme un fait de nature sans qu'il soit en principe besoin pour elle d'argumenter, une force tout aussi naturelle et indiscutable que le coup de patte d'un lion à moitié endormi, assommant sans s'en rendre compte un mulot étourdi qui se serait approché un peu trop près du cercle sacré du sommeil. En amont ou en aval de l'impression de force — en tout cas liée à elle —, celle d'une certaine forme d'insolence. Non de cette insolence des hommes de soixante ans qui ont tout vu, tout compris simplement parce qu'ils sont nés plus tôt, mais davantage l'insolence de quelqu'un que toutes les formes de consensus écœurent, l'insolence du loup qui, du haut de son rocher, la fourrure hérissée d'un froid qu'il ignore, regarde sous lui s'entre-déchirer la meute de ses compagnons pour le cadavre du chien qu'il a lui-même égorgé et dont il ne prendra pas le moindre morceau.

Pour Jeanne, qui patauge depuis des mois dans la poix indispensable et sucrée de la compassion, habituée sans s'en apercevoir à l'excès essentiel de l'apitoiement qu'elle pose sur la plaie du deuil comme autant de gazes anesthésiantes qui la font ressembler à un grand brûlé, il ne lui a pas été facile de consentir aux paroles que Pierre Cambon a prononcées à ce fameux déjeuner en se resservant tranquillement de l'infecte bouillie : « Ma bonne amie » — et dans ces mots, rien de mondain, rien d'affecté, mais une tournure où chacun des mots « bonne » et « amie » se regarderaient pour la première fois, se renvoyant leur sens vrai et plein, comme s'il les inventait ensemble et les offrait ainsi qu'un bouquet cueilli de sa main dans quelque champ sauvage — « ma bonne amie, je suis conscient du grand malheur que vous éprouvez. La perte d'un époux est une épreuve terrible qui justifie larmes et révolte, mais vous me pardonnerez de n'y être point sensible et de chercher personnellement derrière ce rideau de pleurs le visage dissimulé et radieux d'une femme que vous êtes aussi, que vous êtes encore, au-delà du chagrin, le bonheur étant pour vous plus qu'une nature mais un destin ! »

Entre l'ébahissement et la consternation, Jeanne avait cherché une réplique d'urgence à ces déclarations particulièrement déplacées, quelque chose comme : « Je ne suis pas sûre d'être votre bonne amie ; quant à vous, vous êtes sûrement un grossier personnage », mais tandis qu'elle formulait douloureusement ces mots dans sa tête, il avait posé sur la bouche qui s'ouvrait pour l'injure une main dont elle n'oublierait jamais l'indicible alliage de puissance et de bonté, un geste incongru, lui aussi déplacé, mais qui l'avait fait taire, indéniablement.

La bonté donc, de toutes sans doute l'impression la plus déroutante. Non de cette bonté philanthropique du calcul ou de la bonne conscience, mais la bonté brutale, arbitraire, plus proche de la pulsion que du choix.

Aujourd'hui, la même stupeur, la même inhibition

devant l'aplomb naïf et sans contredit de ses raisonnements l'empêchent de l'éconduire lorsqu'il téléphone, mais elle ne les vit déjà plus comme un handicap. Au contraire, elle en retire une sorte de soulagement.

Se taire, être sans voix, lui fait presque du bien à elle qui a tant hurlé. Chaque seconde de silence, même forcé, est un sanglot de moins, une invective de moins lancée contre l'infortune.

Progressivement, Jeanne donne à cet homme qui ne lui est rien un droit qu'elle refuse à tout autre : le droit de l'empêcher de répondre et, plus extraordinaire encore, celui de l'empêcher de se plaindre. Il n'y parvient pas toujours, loin de là. Le plus souvent, elle le supplie, cet homme qui ne lui est rien, de permettre les sanglots et seulement les sanglots, quand il a la confondante audace de lui demander, avec la plus grande simplicité : « Comment allez-vous ce matin, ma bonne amie ? » Mais parfois, le temps qu'elle se demande s'il s'agit de sa part d'une odieuse provocation, d'inconscience ou de bêtise, ce temps, ces petites secondes suffisent à suspendre l'angoisse de mort, magiquement. Alors, elle se sent transportée dans un état singulier de disponibilité, de passivité, et elle peut l'écouter discourir presque inlassablement sur les sujets les plus invraisemblables, muette, confondue.

Depuis plusieurs jours, les vacances approchant, il lui parle d'une certaine maison qu'il appelle « le moulin », où il souhaiterait l'emmener. « Vous y seriez bien, ma bonne amie », insiste-t-il, et toujours ces deux mots, enfantés l'un de l'autre, nourris ensemble au sein généreux de la sincérité, qui ouvrent ou clôturent toute phrase importante.

Quelle raison aurait-elle donc de retenir cette invitation de préférence à toutes les autres, bien plus familières, de ses proches qui, tous la veulent, même brisée, même pesante ? Quelle raison aurait-elle également de ne pas y répondre puisque, au fond, elle s'en moque d'être ici ou là, dans cette maison-ci ou dans celle-là ?

Regarder sans voir, écouter sans entendre, se laisser faire sans protester lui est devenu une seconde nature, car toute conscience des choses l'épingle en plein cœur, ainsi qu'un papillon sur sa planche de bois, au souvenir nu, insoutenable, d'un cercueil fait de bois lui aussi.

Regarder, voir, agir en conscience, c'est la normalité, choisir un lieu de vacances, le luxe de la désinvolture. Or Jeanne est plus éloignée de cela que si elle avait elle-même quitté le monde, avec le privilège empoisonné d'y demeurer encore.

Pourtant, c'est en faveur de ce moulin qu'elle va pencher, physiquement, comme si le détachement ajouté au découragement pesait trop lourd, poussée aussi, instinctivement vers l'inconnu, vers une maison neutre, sans souvenirs.

« Je viens, répondra-t-elle finalement, non parce que j'en ai envie, mais parce que je n'ai envie de rien », et lui de conclure sobrement : « C'est bien, ma bonne amie. »

La voici maintenant à quelques heures du départ.

Par quel mystérieux détour Jeanne retrouve-t-elle

ce réflexe d'enfance de se jeter dans la valise ouverte juste avant que sa mère n'y range les vêtements pour le voyage ? C'est pourtant là qu'elle est, recroquevillée, considérant d'un œil sinistre le linge soigneusement plié sur le lit. C'est pourtant de là qu'elle ne veut plus bouger. Seule une petite tape maternelle et rieuse pourrait l'en déloger, peut-être. Mais point de mère, point de fête, seulement la menace de quitter le seul point fixe de la grande dérive : la chambre, *leur* chambre.

Le téléphone, encore : « Je serai avec ma voiture à neuf heures, devant votre porte.

— Pierre, je ne viens plus, pardonnez-moi.

— A neuf heures précises, Jeanne. » L'injonction ressemble à la main posée sur sa bouche le jour du déjeuner.

Si au moins elle avait acheté une valise neuve ! Celle-ci, *leur* valise, a fait le tour du monde, le tour de tous les bonheurs possibles. Celle-ci raconte les voyages heureux, les voyages partagés où les brosses à dents se confondent et aussi les exaltations, les vrais voyages, pas les fuites.

Cet homme qui ne lui est rien, pourquoi, vers quoi la force-t-il ? De quel droit lui ordonne-t-il de se lever, de se redresser, de remplir une valise pour l'été des autres, de quitter ses repères, le tapis de la chambre, les reflets domestiqués de la suie sur les choses ?

« Deux semaines, deux courtes semaines », a-t-elle accordé, pas plus. Déjà, ces deux longues semaines lui semblent interminables.

Et cependant elle obéit. Tout en protestant, secouée

de sanglots révoltés, elle se lève, se redresse. Elle s'exécute, mettant en joue, en effet, une part d'elle-même, le réfléchi du verbe la rappelant cette fois à sa propre fin.

Avant de fermer la porte de la maison, elle croise dans le miroir de la psyché un visage qu'elle ne reconnaît pas, occupée du seul et obsédant visage de l'absent...

A neuf heures précises, une femme est debout dans la rue, une valise à la main.

Du bout de la rue, Pierre l'a aperçue. Du bout de la rue, il a vu la pâleur et l'expression hagarde du visage. Du bout de la rue, il s'est traité de con.

Il est devant elle.

C'est incroyable ce qu'une femme grande peut paraître petite quand le chagrin l'écrase, pense-t-il.

« Jeanne... »

Elle tourne les yeux vers lui ; plus exactement vers la voix, puis vers la main qui prend la valise.

« Vous êtes sûre que vous tenez à prendre votre voiture, que vous pourrez me suivre ? »

Elle fait oui de la tête. C'était la condition mise à son départ, pour être libre de revenir à tout moment et parce qu'elle aimait conduire, avait-elle précisé, que rien ne pourrait plus jamais l'empêcher de conduire après avoir suivi, une certaine aube d'hiver, dans les brumes du Bois de Boulogne, une ambulance qu'il fallait serrer de près, afin que celui qui s'y mourait se sente encore parmi les vivants, qu'il se sache encore retenu par le lien de l'amour...

Dans son rétroviseur, Pierre constate qu'elle suit

bien, en effet, comme si elle concentrait toute sa personne sur chaque détail de la route.

« Je suis un con », se répète-t-il, toutes les fois qu'il tente en vain de capter son regard, de lui montrer le clocher d'une église ou la couleur d'un champ.

Il revoit le mois qui vient de s'écouler : le premier coup de téléphone et la voix presque cynique qui lui a répondu. Il repense au déjeuner obtenu à l'arraché et à sa propre brusquerie devant ce désespoir si légitime, l'envie qu'il avait eu en même temps de la prendre dans ses bras, de boire ses larmes et d'en faire couler d'autres jusqu'à ce que la soif incompréhensible qu'il avait d'elles soit apaisée, lui qui déteste les larmes, surtout celles des femmes.

« Je suis un con parce que je n'y comprends rien. »

Emmène-t-on en voyage une femme qui pleure un autre homme quand on est un homme ? Pierre sourit à sa propre question. Bon sang, ou bien il n'est plus un homme, ou bien elle n'est plus une femme, à moins, à moins que ce ne soit les deux...

Il regarde ses doigts gonflés sur le volant. Il aurait préféré plus d'enthousiasme chez son médecin lorsqu'il lui a annoncé qu'il refuserait désormais tout médicament, qu'il se jugeait guéri. Comme si le cœur était l'affaire des toubibs !

Dans le rétroviseur, la tête de Jeanne, toujours droite, immobile, ressemble à celle d'un mannequin de cire. Cette image lui serre le cœur, justement. Que donnerait-il pour la mettre en mouvement, pour y dessiner un sourire. Le paysage est si beau ! Et eux qui le traversent dans des voitures séparées !

Il a faim. Et elle, a-t-elle faim ? Sait-elle encore que l'on peut avoir faim ?

Pierre choisit pour s'arrêter un village qu'il connaît bien. Au bistrot, on l'accueille avec chaleur.

« Vous êtes fatiguée, Jeanne ?

— Oui, mais pas de conduire. Je suis fatiguée de... »

Il l'interrompt, sa grosse main posée sur la sienne.

« Vivre ?, complète-t-il. Vivre, c'est cela ! » et il met dans son assiette une tranche de jambon de pays luisante de gras.

Le ton n'est ni brutal ni attendri. Le ton est neutre. C'est un constat, le ton qu'il emploie d'ailleurs depuis un mois au téléphone et qui sans doute, parce qu'il est sans émotion, la convainc, la rassure, semble-t-il.

Pierre éprouve pour sa part une certaine douceur à la voir céder, non qu'il veuille faire jouer son pouvoir masculin, mais parce qu'instinctivement il considère que chaque pas de Jeanne pour s'éloigner d'elle-même est du temps gagné sur la douleur, du temps gagné sur l'épuisement du deuil.

Pourquoi se donne-t-il tant de mal pour que cette femme souffre moins, pourquoi sent-il le besoin impérieux d'en être le principal acteur ? Va savoir. Parce que c'est elle, c'est tout ! En admettant que ce soit une réponse...

Elle chipote. Elle tourne sa tranche de jambon dans tous les sens. Rien ne l'agace autant qu'une femme qui chipote. Mais Jeanne, c'est autre chose, Jeanne, il faut lui apprendre, lui réapprendre, à manger, à marcher, à regarder autrement que droit devant elle, comme hantée par une vision lancinante, une vision de folie.

« Que regardez-vous donc ainsi si fixement ?

— Je... »

La larme rebondit sur la tranche de jambon.

Pierre fixe à son tour ce rond transparent plus brillant que le gras au milieu du jambon et qui lui rappelle une peinture de Magritte.

Bien sûr, ce n'est pas le moment, mais il ne peut résister :

« Jeanne, vous connaissez ce Magritte où l'on voit une tranche de jambon avec un œil au milieu ? »

Elle sursaute, regarde à nouveau son assiette et, à la grande surprise de Pierre, elle éclate de rire, un rire droit, un rire d'enfant.

Dans ces yeux, il a vu monter ces éclats de rire comme la gerbe d'un feu d'artifice, puis les scintillements sont retombés sur tout son visage.

Ainsi éclairée, elle le regarde, lui, maintenant, comme si elle le voyait enfin. Elle le regarde, bouche bée, avaler les deux tranches de jambon avec la larme en prime, une double omelette, un chèvre frais, un saladier de mâche, trois parts de tarte, le tout sans fourchette, à pleines mains.

Pierre se laisse contempler. Encore du temps de gagné, se dit-il, gagné sur sa souffrance.

Enfin la question vient — de très loin, peut-être d'un temps où la curiosité était possible — mais si frêle, si timide qu'il doit se pencher pour l'entendre :

« Pierre... Parlez-moi du moulin, voulez-vous ?... »

A travers le rétroviseur, ils vont converser encore.

Contrairement au matin, la tête de Jeanne, mobile, se tourne de tous côtés. Il devine qu'elle admire avec lui les élans successifs du paysage vers la sauvagerie, l'étirement rosé du soleil qui commence à se vautrer dans le lit de plus en plus torturé de la rivière.

Pierre, pour remercier toutes les divinités sans exception, pour rendre grâce dignement, fait hurler sa cassette d'Armstrong et ouvre la capote de sa voiture.

L'air chargé d'humidité détache chaque senteur de luzerne ou de foin. Les roches grises grandissantes qui surplombent la rivière ajoutent au bouquet l'odeur nette de moisissure qui prouve qu'on approche.

Pierre sent sa gorge se serrer. Il est de ces hommes qui savent pleurer de ravissement et seulement de ravissement. Ce pays, quand il y revient — pourquoi d'ailleurs le quitte-t-il ? — le comble d'une félicité toujours neuve, toujours bouleversante. Et puis, cette fois, il va l'offrir, ce petit bout de France, le donner en apaisement à la désolation, sans plus le garder jalousement pour sa seule joie. D'autres yeux que les siens, las de s'ouvrir dans la brûlure des pleurs, vont se rafraîchir à la verdeur de l'eau, d'autres mains que les siennes, lasses de se tendre sur le vide, vont étreindre, par brassées entières de vie, les gerbes de la moisson d'été. C'est à tous ces bonheurs simples que Pierre songe pour Jeanne et peut-être, qui sait, pour lui-même, comme si, cette année en particulier, il en sentait l'urgence.

A-t-elle ouvert sa vitre, elle aussi, aux arômes du crépuscule ?

Il la cherche dans son petit miroir, ralentit, s'arrête. La voiture de Jeanne, qui a freiné à son tour, touche légèrement la sienne.

C'est plus fort que lui. Il faut qu'il lui parle : de la moisissure sur les roches, de l'eau si ineffablement verte, du blé en épi qui les attend pour d'insouciantes paysanneries.

Pierre, de son pas lourd, vient se pencher à la portière de Jeanne :

« Jeanne... Vous avez vu ? Il n'est pas sublime mon... pays ? »

Le mot « pays » a du mal à sortir. Le visage de Jeanne fige Pierre sur place. Il a vu dans son existence bien des sortes de détresse. Mais celle qu'il a sous les yeux dépasse son souvenir. La détresse de Jeanne a quelque chose de géologique. On dirait un paysage raviné par la pluie, durci par le gel. Les cernes ont creusé sous les yeux deux cuvettes profondes pleines d'ombres bleutées, suspendues par miracle au-dessus d'une peau si crayeuse et si grise qu'un rien pourrait l'effriter, la réduire en poudre, en cendres. Le visage de Jeanne est devenu soudain celui de l'épouvante, du chaos.

Pierre, oubliant son allégresse, reste sans voix. Dire qu'il se sent triste est peu dire. Il se sent pitoyable.

C'est à elle, cette fois, de poser sa main sur celle de Pierre, à elle de venir à son secours :

« N'ayez pas peur comme ça. Ce n'est rien. C'est la mauvaise heure, simplement... »

La trompette d'Armstrong, à quelques mètres, n'en finit pas d'être gaie. On n'entend plus qu'elle, répercutée par les gorges étroites de la rivière et l'écho du granit.

Maintenant, ils sont pitoyables tous les deux, à cause de cette musique qui défie la nature et le malheur des hommes.

Pierre retourne à sa voiture, d'un pas plus lourd encore, enfin, lourd autrement.

Le claquement de sa portière, amplifié lui aussi, a un air définitif qu'il regrette aussitôt. Il ne voudrait pas qu'elle prenne pour de l'agacement ou de l'impatience ce qui n'est chez lui qu'une indécrottable brusquerie. Il faudra quand même qu'il s'exerce à plus de tempérance :

« Je suis un con », dit-il pour la énième fois.

Certaines demeures anciennes se dressent sur le paysage et bombent du torse, d'autres au contraire se dissimulent au fond des forêts. Le moulin, lui, tranquille, est accroupi en pleine rivière. De l'eau jusqu'à la taille, il a l'air de contempler le temps qui passe, de témoigner sans effort, sans fatigue, du destin du monde.

Les yeux brouillés de fatigue, le soir trompeur qui descend ne permettent pas de détailler, mais Jeanne devine déjà que le moulin fait aussi partie de ces demeures qui, à force de participer à l'histoire des hommes, ont pris certaines de leurs habitudes, comme celle de vous regarder par exemple avec une véritable intention.

Un long regard donc s'échange. La sensibilité extrême où Jeanne se trouve lui en fait décliner toutes les nuances. Le moulin la regarde avec un mélange d'étonnement, de contrariété et d'indulgence. C'est l'étonnement qui domine, chez elle aussi d'ailleurs qui, bien que préparée, ne s'attendait certes pas à une maison aussi peu ordinaire, ni à ce mélange étonnant d'aristocratie et de plèbe, ni surtout à cet envoûtement de l'eau qui donne l'impression que le moulin pourrait bien, d'une seconde à l'autre, se laisser glisser dans le courant, quitter la rive pour aller voir ailleurs.

On accède au moulin par une passerelle en bois qui enjambe une partie de la rivière. C'est à l'extrémité de cette passerelle que Jeanne s'est arrêtée, net. Pierre, qui a traversé en trois bonds, l'encourage :

« Allons, venez, c'est solide vous savez, même moi j'y passe ! »

Sa voix a la fierté intrépide et touchante du jeune garçon qui ferait les honneurs de sa cabane à une petite citadine un peu greluche découvrant la campagne.

Cependant, ce n'est pas la petite fille qui a peur en Jeanne, c'est une femme que le destin vient d'une certaine façon de condamner à la solennité en tout et partout. Car lorsque la mort vous parle à chaque seconde et qu'à chaque seconde vous lui donnez la réplique, vous entrez dans un monde à part où le moindre mot, le moindre geste prend valeur de symbole. Dans ce monde, le geste d'enjamber une rivière devient plus qu'un geste, c'est un rite, c'est un risque.

De l'autre côté de la passerelle, le risque réside dans la double inconnue de la maison et de l'homme qui, elle le pressent, se ressemblent, se confondent soudain en une grande menace, la pire, celle de l'obligation. Jeanne n'est pas en état de s'obliger à quoi que ce soit, ni à découvrir une maison, ni à se découvrir elle-même. Le passage par la passerelle, chemin obligé pour rejoindre et la maison et l'homme, lui fait redouter soudain tous les autres passages obligés.

La silhouette de Pierre, grandie par la pénombre, s'agite :

« Que se passe-t-il, Jeanne ? Je vous attends. » Et toujours ce ton qui ne ressemble pas à un ordre parce qu'il est sans dureté, mais qui en est un quand même puisqu'il ne prévoit pas le refus.

« Pierre, je ne peux pas. Je préfère rentrer à Paris. C'est mieux, je vous assure, c'est mieux. »

Inutilité des mots : deux bras énormes la soulèvent de terre.

Quand donc l'a-t-on portée pour la dernière fois ? Au temps des chaussettes. Son père, le col ouvert, avec la même odeur, celle de la force contenue, la force apprivoisée par la tendresse.

Une minute, pas plus, pour franchir l'infranchissable.

Il la dépose sur le seuil de la porte aussi délicatement qu'un baiser sur le front d'une vieille dame qu'il faudrait calmer d'une nuit pleine de sombres pressentiments. Jeanne n'est pas loin de retrouver la même déconvenue qu'avec son père, lorsqu'il la remettait sur ses pieds, toujours un peu trop tôt à son goût, et qu'elle éprouvait la dureté du sol comme le signal de tous les périls possibles.

« Bienvenue au moulin ! »

Jeanne avance dans la pièce.

Pierre n'a pas allumé l'électricité. Elle découvre donc le lieu en accoutumant ses yeux à la clarté d'une lune presque pleine, aux reflets d'eau, qui redessine les objets comme si elle les arrachait au grand fleuve des années. La longue table en bois, les fauteuils et les bancs sculptés, le vaisselier, tous émergent d'une sorte d'oubli et s'ébrouent. Quelques tableaux, des livres, un candélabre, un grand vase vide prennent à leur tour leur part de brillance et s'accouchent un à un de la lueur de lune, féconde, inépuisable.

Jeanne ne parvient pas à prononcer un mot. Lentement, elle s'empare de la pièce qui aussi s'empare d'elle. Elle se tourne vers Pierre, toujours debout à l'entrée et qui l'observe avec sur les lèvres le sourire le plus suave qui lui ait été donné de voir sur un visage aussi masculin.

Pourquoi parler ? Quels mots pourraient rendre la magie de cette irruption presque organique dans un lieu encore étranger il y a seulement quelques minutes ? Pourquoi dire ce qu'il sait probablement mieux qu'elle ?

Portée, transportée, Jeanne marche vers la fenêtre grande ouverte d'où ruisselle l'insolite brillance nocturne. En se penchant sur le rebord tout irrisé de lumières vacillantes, elle découvre, juste au-dessous d'elle, la face tremblotante de la lune sur la rivière qu'un léger vent fait frémir et clapoter contre la roche du moulin. Ces clapotis du soir, répétés des milliers de soirs sur ces mêmes flancs offerts à la gourmandise de l'eau, battent à coups réguliers. Jeanne en reçoit les vibrations jusque dans sa propre poitrine appuyée contre la pierre et pleine de battements eux aussi répétés des milliers de fois.

« Cette maison... cette maison est vivante, chuchote-t-elle.

— C'est pour cela que je vous y ai amenée... »

Pierre est à ses côtés, penché pareillement sur le reflet de lune, pareillement à l'écoute des pulsations du moulin.

Jeanne se redresse. Il ne devrait pas... Elle va être désagréable. A nouveau : de quel droit ? Ce paternalisme grossier... Et si la mort, la mort seule lui convenait, et les larmes et la souffrance et toute l'horreur qui va avec ? En quoi cela le concerne-t-il donc ?

Non, non. Il faut le remercier, lui dire la générosité de ce geste, la merveille de ce lieu...

L'entend-il débattre silencieusement dans la lune ? L'impuissance la déchire.

Lui est toujours accoudé au rebord de la fenêtre, les yeux rivés aux miroitements de l'eau.

Elle doit lui parler. Ce soir. Tout de suite.

« Pierre ? »

Il ne bouge pas plus.

« Pierre. Je dois... Il faut que les choses soient claires entre nous : n'attendez rien de moi, vous m'entendez ? Rien ! »

Sa voix s'affermit de mot en mot. C'est bien. Elle va pouvoir aller jusqu'au bout maintenant.

« Vous savez, chaque instant qui passe est une surprise pour moi-même. Je ne peux rien prévoir, rien envisager. Je ne peux que pousser le temps devant moi comme un palet sur une marelle, sauf que ce palet est truqué, Pierre, il tombe toujours dans la même case :

celle de l'enfer. C'est là que je suis, en enfer. Tout le reste n'est qu'apparence, y compris ma présence ici... Si vous vous contentez de cette apparence, de cette illusion de vie, alors je resterai, peut-être. Si vous voulez plus, je préfère partir. Voilà. »

Pas un geste, pas un mouvement sur ce visage d'homme éclairé par la nuit et dont elle découvre le profil assez beau malgré l'empâtement.

Elle hésite à poursuivre, elle souhaiterait qu'il réponde, vite.

« Quand même... Je vous remercie, Pierre, pour cette idée, pour ce moulin. Il est très beau, vous aviez raison, votre moulin. Il est plus que beau... »

Tous deux debout à la fenêtre ont l'air d'attendre un spectacle qui ne viendra pas.

Dans ce silence qui se prolonge et intensifie encore le clapotis sur les pierres, Jeanne se demande quelle réponse elle voudrait entendre. Il lui semble qu'elle préférerait pouvoir partir, rentrer à Paris, retrouver la chambre. Oui, c'est bien cela qu'elle veut. Mais qu'il réponde ! Qu'il réponde enfin !

Plus que quelques secondes et elle sera libérée de l'idiote obligation où elle s'est mise. Mentalement, elle s'en va déjà. Elle est partie. Elle vole vers Paris. S'élance sur la passerelle, monte l'escalier du talus, court vers sa voiture. Libre, elle est libre ! Seule enfin avec ce chagrin, collé à son âme, le seul compagnon possible, le seul compagnon décent...

« L'illusion de vie me suffit, Jeanne. »

La phrase est dite simplement, tous les mots bien à leur place, bien pesés. Celle-ci aussi est de celles qui n'admettent pas de réplique même si le ton est moins celui de la certitude que d'une certaine forme de renoncement, presque de tristesse. Jeanne ne l'attendait plus. Ses jambes l'abandonnent. La voilà mentalement qui doit rebrousser chemin, descendre l'escalier du talus, reprendre le chemin obligé de la passerelle et revenir s'appuyer à la fenêtre comme si son esprit n'avait pas bougé, comme si son imagination ne l'avait pas tentée d'un pauvre et fol espoir d'évasion.

La déception est trop forte pour lui permettre d'apprécier la générosité de la réponse de Pierre. Jeanne ne voit plus qu'une chose : elle est condamnée à rester.

Alors elle tente un dernier coup de force : une série de conditions, de clauses qui devraient le démoraliser, le convaincre qu'il fait un choix invivable.

« Je vous préviens, Pierre, que je peux rester des heures, pour ne pas dire des jours, sans bouger de ma chambre.

— C'est votre droit, Jeanne.

— Que je n'ai pas envie de faire le moindre effort de conversation, ni même de vous parler, à vous.

— Vous vous tairez.

— Que seule la mort occupe mon esprit et mon corps.

— Elle est invitée aussi.

— Que vous pesez déjà, Pierre, que vous *me* pesez.

— J'essaierai d'être un peu plus léger. »

Jeanne sent ses larmes monter. Larmes d'abattement, larmes de défaite, mêlées à d'autres plus confuses, plus mystérieuses, d'une vague, très vague reconnaissance, car quelque chose l'émeut dans l'obstination de cet homme qui n'est plus jeune et qui parle en jeune homme.

Elle n'est plus que sanglots pour lancer le dernier argument, le plus abominable parmi tous ceux que sa tête torturée invoque pour en finir autant avec lui qu'avec elle-même :

« Et puis, je vous en veux, je vous en veux d'être en vie ! »

Pierre se tait. Il se dresse, de toute sa hauteur, au-dessus de Jeanne presque courbée en deux tant les pleurs et la honte l'accablent. Il la prend par les épaules, la relève, l'entoure de ses deux grands bras et la serre contre lui.

Ce n'est pas un geste amoureux, ni un geste de père, ni même celui d'un ami. C'est le geste d'un homme qui soutient un plus faible que lui. Un secours rudimentaire qui relève du sauvetage.

« Faut-il aussi que je réponde à cette condition-là ? demande-t-il alors d'une voix beaucoup plus bouleversée que prévu, d'une voix pour la première fois moins péremptoire.

— Non. Bien sûr que non ! » sanglote Jeanne en s'accrochant à lui, en pleine tempête, comme si elle craignait d'être emportée par son propre déchaînement.

« Ne répondez pas. Ne répondez surtout pas, Pierre !...

— Je vais vous conduire à votre chambre. »

Il dit cela gentiment, très gentiment.

Elle fait oui de la tête, le visage toujours enfoui contre lui.

Pierre l'aide à gravir un double escalier de bois. Elle croise des pièces entières pleines de livres et d'objets étranges...

« Voilà, vous êtes chez vous. »

Jeanne le précède, encore un peu soutenue par ce bras ferme, plus symbolique que réel maintenant, où elle appuie très légèrement son coude.

« Pour moi, c'est la pièce la plus délicieuse... Venez voir ! »

Elle le suit jusqu'à l'unique fenêtre mansardée.

C'est le même décor qu'au rez-de-chaussée, la même plongée sur la rivière baignée de lune, mais plus haut, à une hauteur qui permet d'embrasser l'autre rive, ainsi que la courbure de l'eau vers l'aval entre d'interminables rangées d'arbres remplies de murmures. De là, le clapotis de l'eau s'entend à peine, mais il est vrai qu'être au plus haut du moulin, aussi modeste soit l'espace, a immédiatement sur l'esprit un effet de charme et de privilège.

« Elle vous plaît votre chambre ? »

Ce « votre » ne manque pas de douceur non plus pour le cœur encore un peu piteux, déconfit.

« Oui. Elle me plaît. Elle me plaît beaucoup. »

Elle n'ose pas le regarder dans les yeux.

« Alors, je vous monte votre valise, si vous voulez bien... »

Il s'éloigne.

« Pierre ! »

C'est plus qu'un appel. C'est un cri, déchiré, déchirant.

« Pardon, Pierre... »

Ce n'est pas une voix, c'est un chuchotement, un soupir, un souffle. L'a-t-il entendue ?

Pierre s'est déjà rué dans l'escalier en faisant craquer tout le moulin.

Sa réponse, un cri aussi, mais rieur, enjoué, viendra de l'étage en dessous :

« Je suis heureux, je suis heureux qu'elle vous plaise votre chambre, ma bonne amie ! »

Pierre a entendu et fort bien. Mais voilà, il n'est pas de ceux qui pardonnent pour la bonne raison que le mot « pardon » ne fait partie ni de ses manières de dire, ni de ses manières de faire. S'il devait pardonner à Jeanne, ce serait, à la rigueur, de lui avoir demandé pardon... Et puis, de pouvoir dire quelque chose d'aussi énorme, les yeux dans les yeux ! Non seulement cette phrase ne l'a pas choqué mais il en admire l'étonnante liberté. Jeanne est faite pour la vérité, pour la dire surtout, c'est évident. Cela lui plaît. Dommage cependant qu'elle ne gâche tant de rares qualités par quelque chose qu'il a déjà noté chez elle et qu'on pourrait résumer par « un léger abus de sens moral ».

« Ah ! Jeanne, Jeanne, vous auriez besoin d'un sérieux nettoyage d'été ! Il va falloir vous débarrasser et vite de tous les falbalas de la culpabilité ! »

Il crie ces mots très haut, très fort, à la rivière, à la lune, à tout ce qui peut l'entendre, un réflexe de lyrisme qu'il a rapporté de ses longs séjours chez les Touaregs quand, porté par la magie du désert, il éprouvait parfois le besoin de partager son exaltation solitaire avec l'infini du sable et qu'il jetait à toutes volées des paroles définitives qui ricochaient de dune en dune jusqu'à ce point de l'horizon chimérique où, dit-on, les hommes jasent avec les dieux...

La valise de Jeanne ne pèse rien, à se demander si elle l'a faite vraiment, si elle n'a pas prémédité de ne point s'en servir. Curieux, mais la légèreté de cette valise le désarçonne davantage que le « reproche » de tout à l'heure. Cette fois, il est blessé, « touché » comme on dit au jeu de la bataille navale juste avant d'être « coulé » par la torpille assassine. N'est-ce pas une valise pour faire semblant, une façon de partir en reculant, ou plutôt une façon de n'être pas partie ? Lui, il l'aurait bien déménagée intégralement, Jeanne, avec tous ses objets, ses habits, à pleines armoires et jusqu'au plus petit flacon de parfum ! Il aurait pu charger sa maison entière sur son dos ! Mais non, il porte au bout du bras le refus même de Jeanne, un refus qui tient tout entier dans un petit rectangle de cuir constellé d'étiquettes dont on voit bien qu'il a fait le tour du monde, bourré de bonheurs passés sans doute.

Un peu plus il serait jaloux ! Un peu plus il s'apitoierait sur lui-même ! L'image de la marelle lui revient à temps pour remettre les choses en place.

Sur la marelle du destin, où est donc le moulin ? Dans quelle case ?

Pierre grimpe le premier étage. « Mais Jeanne est là, mon vieux, avec ou sans bagage, on s'en balance, elle est là, dans ta propre maison ! »

Et des ailes lui poussent, et il vole...

Il vole jusqu'au sommet du moulin avec la valise trop légère comme preux chevalier vers l'inaccessible dame, son cœur vacillant plus tendu qu'un tambour et plein de roulements désordonnés, jusqu'à une porte fermée qu'il n'osera pas ouvrir, ni même gratter du bout des doigts.

La dame s'est retirée. Un peu trop tôt, il est vrai, un peu trop durement, mais n'était-ce pas dans le contrat accordé il y a à peine quelques minutes ? Il dépose donc la valise derrière la porte et aussi délicatement que possible, il redescend l'escalier.

Au premier étage, toujours dans la pénombre, mais guidé par les reflets de lune et la connaissance parfaite de ces lieux familiers, il tend le bras vers une étagère pour y prendre un livre au hasard. C'est sa manière, à Pierre, de retrouver le moulin : déambuler longtemps avec un livre fermé à la main, faire le tour de toutes les pièces en respirant leurs odeurs, différentes selon la manière dont elles donnent sur la rivière qui imprègne les meubles, les tissus, d'une humidité aux relents de marécage.

Au rez-de-chaussée, il retrouve sa chambre un peu en désordre, telle qu'il l'avait laissée, il y a plus de six mois, pour un Noël qu'il avait voulu passer là, seul en tête à tête avec la défaillance, pour réfléchir à l'irruption récente de ce qu'il fallait bien appeler « la vieillerie », puisque tout à coup, après soixante ans de joyeuse et provocante effronterie, son corps rechignait à le suivre et se mettait à faire le difficile pour quelques malheureux verres de Cognac ou des cigares qu'il ne fumait même pas jusqu'au bout. Après une semaine de négociations avec ses organes les plus visiblement offensés, il avait accepté, non sans fureur, de transiger avec eux en s'astreignant à quelques sacrifices, sur ce qui lui semblait pourtant constituer la source même de son élan vital, à table en particulier et dans le goût qu'il avait de ne point dormir avant de saluer le soleil à l'aube de chaque matin.

Aujourd'hui, Pierre ne se sent guère récompensé de tous ces sacrifices. Son corps le trahit. Il le voit. Il le voit à ses chevilles gonflées dès le réveil, à cette pesanteur des gestes qu'il voudrait rapides, légers, et surtout à la fréquence inquiétante des accès de faiblesse où son cœur s'en va on ne sait où, malgré les efforts de toute la poitrine à le retenir au nom de la complicité, au nom de la jeunesse vécue ensemble.

Pierre s'allonge tout habillé en ruminant ces irritantes pensées. De sa main droite, il tire sur lui sa vieille couverture de chameau. Oh, il n'a pas froid — il ne se souvient pas d'avoir jamais eu froid, sauf dans le désert quand, certaines nuits, les pierres éclatées par le gel rebondissaient sur la toile de sa tente, mais il voudrait cacher les jambes et la boursouflure des pieds. De sa main gauche, il serre toujours le livre pris sur l'étagère. Sans l'ouvrir, au grain du cuir au fini de la reliure, au parfum du papier, lui aussi légèrement mouillé, il reconnaît les *Confessions.* « Bon choix », pense-t-il.

« Je veux montrer à mes semblables un homme dans toute la vérité de la nature et cet homme, ce sera moi »... La phrase de Jean-Jacques Rousseau, tant de fois lue et méditée, lui vient tout naturellement. A nouveau, il en admire l'extravagance, ce mélange unique de courage et de délectation, ce « moi » si personnel et qui pourtant renvoie à tous les hommes, ce « moi » qui devient « soi » si aisément, si pernicieusement aussi, au regard d'une souffrance à ce point avouée, à ce point concédée qu'elle en devient gênante.

Jeanne l'aime-t-elle cette phrase aussi pour cette raison ?

Il faudra le lui demander demain, à la première heure. C'est trop important la manière dont on lit Rousseau. A moins qu'elle ne l'ait pas... Non, c'est impossible qu'elle ne l'ait pas lu : elle ne serait pas là, voyons !

Pierre se sent rougir, bien plus pour lui que pour elle, rougir d'être aussi pédant : comme s'il y avait de la honte à n'avoir pas lu les *Confessions !* Il les lui fera lire, si c'est le cas, voilà tout. S'il s'écoutait, il irait bien le lui demander à l'instant. Il irait bien frapper à sa porte. Mais le croirait-elle ? Croirait-elle qu'il vient forcer son intimité pour parler de Jean-Jacques Rousseau ? Pierre se sent rougir une seconde fois, rougir de se découvrir à ce point peu ardent, d'être parvenu, sans s'en apercevoir vraiment, à un moment de sa vie où parler de J.-J. Rousseau avec une femme le tenterait davantage que d'en rechercher les faveurs.

Pierre contemple maintenant avec consternation cette couverture de chameau où sont venus se dénuder tant de corps féminins autrement plus urgents à honorer que la bravade plaintive d'un philosophe, cette couverture aujourd'hui réduite à une peau de chagrin, à un cache-misère pour monsieur fatigué.

Depuis combien de temps s'est-il ainsi oublié au point de substituer les livres aux dames ? Pierre calcule, atterré : c'était à Paris. Non, ici même, il y a... un... deux... Deux ans ! Il lui faut boire quelque chose, quelque chose de très fort.

Pierre lance la couverture au bout de la pièce. Il vient d'entendre la condamnation du temps. Deux ans ! Deux ans de préventive et désormais jusqu'au bout de la vie : la vraie prison, pour l'âme et pour le corps, la vraie prison de la vieillesse !

Pierre se déshabille, plein d'une colère incontrôlable. Tout est jeté par terre, chemise, pantalon, chaussures, tout est piétiné. Il est nu, dressé sur le socle épais des chevilles déformées. S'il pouvait se voir ainsi, déchaîné contre lui-même, son corps gras mais puissant éclatant de vengeance, immense et flamboyant dans la clarté de lune, il se rassurerait, il se souviendrait qu'il existe aussi des remises de peine pour toute faute commise, y compris de vieillir.

Furibond, il traverse la grande salle jusqu'à la cuisine en se cognant au banc, vilainement. Dans l'armoire aux provisions, il déniche un fond de vodka. Il revient sur ses pas, s'assoit au bout de la grande table, tend la main vers une sellette, rafle son gobelet d'étain qu'il remplit à ras bord.

Sur son dos nu, il perçoit la caresse des rayons de la lune. Sur son genou, l'élancement stupide du choc contre le banc. Altier sur son fauteuil aux larges accoudoirs sculptés, Pierre trône comme un prince. Ce moulin est son royaume. C'est aussi sa force. Il n'a point besoin d'une cour. Ce lieu seul suffit à sa souveraineté puisqu'il l'a conquis objet après objet, année après année, solitude après solitude.

Pierre lève son verre :

« Je bois. Je bois à toi, moulin, moulin sans âge. Je bois afin que tu m'apprennes à me foutre du mien ! »

Cul sec.

Pierre demeure longtemps à regarder le gobelet, assez longtemps pour que la lune renonce, que le jour tente sa chance. Il ne bougera qu'au premier chant du premier oiseau, puis il ira s'enrouler dans sa peau de chameau aux senteurs arabes.

Avant de sombrer, il s'offrira la dernière inquiétude de cette trop longue journée, une inquiétude plutôt délicieuse de nouveauté, l'inquiétude de ceux qui n'en ont pas ou n'en ont plus : « Jeanne prend-elle du thé ou du café au petit déjeuner ? »

Jeanne a huit ans. Elle donne la main à son frère à peine plus âgé qu'elle et se serre contre lui. C'est l'heure où la nuit se met à avaler le sous-bois, arbre après arbre. C'est l'heure où l'on aimerait bien rentrer à la maison.

Soudain le cri. Le cri a retenti. Un long hurlement entre chien et loup lui aussi, comme le soir tombant. Un aboiement suraigu, étiré sur une note unique, plainte distendue déchirant le ciel d'un trait d'angoisse, corde d'instrument poussée à bout et prête à casser.

« T'inquiète, dit le frère, c'est rien, c'est Dick.

— Mais qu'est-ce qu'il a, demande Jeanne toute transie.

— Il hurle à la mort.

— C'est quoi " hurler à la mort " ?

— Ben, j'en sais rien, moi. Tout ce que je sais, c'est qu'il hurle à la mort, c'est comme ça qu'on dit. »

Jeanne n'en saurait pas plus.

Dick allait-il mourir à force de hurler ? Hurlait-il plutôt pour empêcher la mort de s'approcher de sa niche ? A moins qu'il ne la provoque en combat singulier pour l'étrangler d'un coup de mâchoires ? Autant de questions sans réponse pour Jeanne qui ne retiendra de tout cela qu'une certitude : la souffrance inépuisable du cri, ce cri rendu sauvage d'une douleur qu'aucune pâtée, aucune caresse ne sauraient vraisemblablement soulager.

Des années après, voilà que Jeanne, à son tour, hurle à la mort sur une unique note à déchirer la vie. Parfois, son propre cri la dépasse, elle dépasse le cri et elle hurle silencieusement. Le tragique aboiement entre chien et loup, devenu sien, lui reste en deçà de la voix. Ne monte vers le ciel qu'un appel muet et déchiqueté qui ne trouve même pas sa forme. De sa bouche fermée sort quelque chose d'inaudible pour toute oreille humaine hormis sa propre oreille. Les questions qu'elle se posait pour Dick, elle se les pose aujourd'hui à elle-même, dans le même ordre et toujours sans réponse.

La maison de Paris a longtemps retenti de ces clameurs mutiques. Elle les a acceptées, comprises. Cette maison large, spacieuse, a permis au chagrin de Jeanne une entière liberté de mouvements et d'expressions, sans craindre les échos effarés de ces appels inlassables. Mieux, elle s'est associée à sa façon à ce tapage irréductible, laissant gémir les parquets et les portes, vibrer les vitres de poussées étranges et inhumaines. Cet été, Jeanne déplace son deuil pour la première fois... Pour la première fois, elle l'emporte ailleurs qu'à la maison, le seul endroit où ils avaient à peu près appris à vivre ensemble, à se tolérer.

Comment l'installer ce deuil dans un nouveau lieu ? Quel espace lui donner sans le contraindre et sans la contraindre, elle, à des efforts redoublés pour cohabiter ? Ce pays inconnu est son ennemi, ce moulin, cette chambre sont des ennemis, Pierre même est un ennemi car tout ici est l'ennemi pour cette âme infirme, exilée de ses repères essentiels, aussi rétive au déplacement qu'un malade qui aurait appris à ajuster millimètre après millimètre l'intensité de sa douleur à la forme de son oreiller, l'inclinaison de son matelas, et qui mourrait aussitôt d'être changé de lit.

Jeanne a déjà oublié sa vile agression, la valise et, plus encore, le pas trop allègre de Pierre dans l'escalier. Tout cela est gommé instantanément. Cela ne compte plus. Seule compte l'urgence d'aménager cette chambre, de la rendre susceptible de les accueillir ensemble, le deuil et elle, puisque ensemble ils sont.

Elle ferme la porte. Appuyée au chambranle, elle fait l'inventaire de la pièce qui déjà la comprime par le peu de plafond, le lit en alcôve sous la mansarde du toit. Son regard dérape sans avoir prise sur l'étrangeté de l'ameublement. Et c'est l'affolement, encore, joint au désir aigu de se sauver, de retraverser la passerelle ! Sa tête bat de terreur autant que de rebellion. Chaque battement sonne le glas de sa liberté. Chaque battement ajoute un chaînon d'angoisse à la chaîne dont elle s'est sciemment entravée.

Elle s'approche de la fenêtre où tout à l'heure elle se laissait flotter sur les rayons de lune, mais les claques de sang dans son crâne recouvre le mélodieux clapotis de l'eau sur les pierres du moulin. La rivière argentée, remplie de murmures si scintillants, ressemble maintenant à un monstrueux cobra, la gueule tendue, son grand corps hypocrite ondulant entre les arbres complices et malveillants.

Jeanne s'affaisse comme une poupée de chiffons. Elle sent venir le moment où il faut se réduire, se mettre en boule, offrir le moins possible de soi, au-dehors, au-dedans.

Elle roule sur le plancher inconnu, blesse ses os aux coudes, aux hanches, mais enfin, elle retrouve la position familière, celle de la survie.

Respirant sa propre haleine lourde de tous les cris retenus entre chien et loup, le seul air respirable pourtant, elle rentre ses jambes et ses chaussures sous sa robe, serre les poings, les cale contre ses deux seins, replie sur eux ses genoux. Les cheveux glissent d'eux-mêmes pour recouvrir la joue.

Jeanne est en elle-même, recroquevillée sur son mal de mort.

Un mal pareil ne se tue pas, mais on peut l'étouffer.

Et Jeanne l'étouffe lentement.

Elle l'étouffe en le privant d'air et d'espace, en le bloquant contre elle, en plein ventre, en se cramponnant à lui farouchement comme un gardien de but à son ballon, en le comprimant de toute la force de ses genoux et de ses bras.

Des heures durant, elle écoute les longues suffocations du mal qui se plaint. Elle le laisse gémir, patiemment, imperturbablement, jusqu'au silence.

Alors, seulement alors, elle s'endort.

Cette nuit, avant de se retirer, la lune va divaguer longtemps sur cette forme immobile à même le plancher de la plus haute chambre du moulin d'où s'exhalent de si étranges gémissements, avant de la confier à l'aube naissante.

Se réveiller au moulin, même après une très courte nuit, même avec l'esprit brumeux, Pierre ne connaît rien de plus revigorant. Le jour a une façon particulière ici de s'annoncer dans l'air et dans l'eau, avec une préférence pour l'eau où s'agite dès les premières lueurs du matin une variété incroyable de bestioles qui s'interpellent d'une rive à l'autre et pour lesquelles le moulin est apparemment un lieu de ralliement.

Aujourd'hui, dans les brumes de l'esprit, il y a autre chose que du simple bonheur d'être là. Il y a un petit rien supplémentaire et qui pourtant change tout. Ce petit rien, Pierre met peu de temps à lui trouver une forme : il a celle d'une femme et un nom : il s'appelle l'émoi. Pierre se réveille donc avec l'émoi de savoir Jeanne dormant dans la chambre du haut.

Penser à elle concrètement n'est pas facile. Elle lui a laissé assez peu le droit de l'observer vraiment. Trop de haies, trop d'enceintes d'affliction la dérobent aux regards. Pour l'atteindre, Pierre doit les escalader sans répit, sans arrêt leur donner l'assaut en s'exposant souvent à être repoussé. Pour prendre le temps de la regarder, il aurait fallu un laissez-passer puis un laissez-rester qui jusqu'ici lui ont été refusés.

Comment dans ces conditions se rappeler la couleur de ses yeux ou la courbure de son pied ? Il aimerait bien, ça oui, la voir allongée sur un lit ou sur l'herbe, pas forcément endormie mais au repos, détendue, pour vérifier comment la tête est attachée aux épaules ou la cheville au mollet. Il aimerait bien l'entendre respirer, suivre les mouvements de l'air sous son chemisier et même les gargouillis de son ventre, histoire d'en savoir un peu plus long sur son naturel de femme. Encore faudrait-il pour cela que cette femme se pose, qu'elle cesse d'être traquée par la souffrance de mort, ou bien qu'elle pactise avec elle quelques heures par jour, ne serait-ce que pour reprendre des forces. Mais comment lui proposer ce marché sans qu'elle se sente acculée à quelque trahison d'elle-même ?

Pierre est ce que l'on pourrait appeler une bonne nature. La preuve, il ne se pose généralement que les questions qu'il peut résoudre. Ce trait de caractère lui a permis de faire son chemin dans l'existence et d'en retirer le maximum de satisfactions. Aux « comment » il a déjà réponse. Cette réponse c'est lui-même. Pierre ne compte sur rien d'autre que sur lui-même pour découvrir la couleur des yeux de Jeanne, la courbure de son pied et lui offrir la paix qu'elle n'ose même pas souhaiter. A lui d'œuvrer en artiste de la métamorphose, en savant alchimiste, à lui de préparer ses alambics, de transmuter en potion, en baume, en nectar, en mille rosées toutes les essences bienfaisantes du moulin et qu'elle s'en abreuve, nom de nom ! Qu'elle s'en pénètre à chaque instant du jour, de la nuit !

Son vieux père aurait dit : « Il y a du pain sur la planche ! » et il aurait eu raison. Mais cela ne l'arrête pas, au contraire. Le pain, il l'aime sous toutes ses formes : frais, trempé dans le bouillon, rassis et même un peu rance. Il en rajouterait plutôt Pierre, du moment que c'est son souhait, du moment que rien ne l'y oblige.

De la présomption dans tout cela ? Certes pas. De la confiance tout simplement, en soi d'abord et aussi dans l'autre, une foi instinctive dans la force de vie et l'instinct de plaisir qui va avec, même au plus fort du malheur.

Pierre rejette sa couverture de chameau. Les pieds ? — Pas trop mal ce matin. C'est normal, pense-t-il, l'effet déjà positif du moulin, capable de guérir tous les maux ! Pauvres toubibs !

Il se lève, enfile la première chemise venue, de celles qui restent au moulin depuis toujours parce qu'elles sont trouées, usées jusqu'à la corde ou simplement décousues à l'emmanchure sous la pression excessive des épaules, des chemises qui, comme les livres, s'imprègnent d'une odeur de mouillé, d'une odeur de vase délicieuse en été quand la campagne et les hommes accablés de soleil cherchent à boire et que tous les désirs, toutes les rêveries convergent vers la rivière, vers les moindres vestiges d'humidité bienfaisante. Et puis Pierre a toujours chaud. Une chemise lui suffit, même à la fraîche. Il n'y a que ce moulin en pleine rivière, suintant de fraîcheur, qui puisse arriver à bout de la chaleur de Pierre, chaleur du corps, de la peau et chaleur intense de l'âme jusqu'à la plus petite parcelle de pensée.

L'émoi de Pierre pour la femme couchée au-dessus de sa tête jette des pelletées de tourbe, de bois, de charbon dans toute sa machinerie d'homme. Il est à plein régime, prêt à rouler très vite très loin, à battre des records. Son doute de la nuit, sa crainte de l'âge concernent sans doute quelqu'un d'autre. La menace de ce cœur si traître, si fragile, est dénuée de fondement. Ce matin, Pierre est le maître, le maître du temps, le maître du bonheur.

Le bonheur de Jeanne, Jeanne là-haut, ce bonheur-là d'abord avant tous les autres !

Bon, lequel parmi eux va-t-il choisir, en premier, comme cadeau du réveil ?

Du pain ! Evidemment ! Le pain du village voisin. Un pain qui n'a pas besoin de s'appeler « de campagne » puisqu'on y est à la campagne, un pain du genre miche, rond, ventru, de ceux qui changent de goût en vieillissant jusqu'à l'aigreur parfaite, l'aigreur absolue, bonne pour tremper la soupe...

En revenant du village, l'arrière de la voiture rempli de victuailles dont les odeurs se vautrent en se bousculant à chaque virage, Pierre n'ose pas remettre sa cassette d'Armstrong — elle lui a laissé dans l'oreille un écho presque pénible, la bande-son d'un film qu'il ne veut jamais revoir, Jeanne en gros plan, défigurée de peine, reproche vivant de sa bonne nature à lui, de cette confiance qu'il met en toute chose, sans discernement parfois. Il préfère écouter l'été qui a ici sa propre musique car c'est la rivière qui orchestre tout, les bruits des hommes, les bruits des bêtes amortis par l'eau qui filtre les résonances.

Pierre sourit. Il sourit parce qu'il n'a pas pu s'empêcher de dire à la mère Trobel, l'épicière, qu'il lui fallait du jambon et du bon pour une personne venue chez lui, « une parisienne », avait-il ajouté, au cas où la commerçante et amie n'aurait pas compris malgré les yeux brillants, malgré l'air gamin qu'elle ne lui avait pas vu depuis bien longtemps et qui « bonne vierge, faisait plaisir à voir ».

Si quelqu'un devait savoir, c'était Lucienne Trobel. Il lui devait bien ça depuis des années qu'elle lui servait du vin de pays au comptoir à parler de tout et de rien, d'amour quelques fois, car deux fois veuve et trois fois divorcée, elle en savait long l'épicière sur l'amour et ses désillusions. Elle était la seule au village qui appelât Pierre « mon petit », le moulin étant considéré depuis toujours avec ses occupants quels qu'ils soient comme un domaine seigneurial qui exigeait de la distance, du respect. Cette relation maternelle avait d'emblée séduit le « seigneur » du moulin, plus paysan que tous les paysans du coin réunis, en manque de mère depuis trop longtemps et sidéré par le culot de cette maîtresse femme qui avait fait valdinguer les hommes sans en tirer ni la moindre aigreur ni la moindre fierté, encore étonnée comme une jeune fille devant l'existence, mais prompte à partager son savoir avec qui le souhaiterait du moment qu'on n'y mettrait point de malveillance. Et

Lucienne avait choisi soigneusement le pain le plus doré, « pour vot' dame », avait-elle précisé l'air visiblement content. Et Pierre l'avait embrassée avec fougue en lui défaisant son chignon...

« Pour vot' dame », songe-t-il encore en arrivant au moulin. Ce possessif lui fait chaud. Ce possessif lui fait froid. Si peu « mienne », si peu « dame », celle qui là-haut dort encore probablement plus comme un animal blessé que comme une femme.

Est-ce sot ? Il avait pensé qu'elle l'attendrait quand même sur la passerelle, qu'elle lui lancerait quand même en riant : « Eh bien ce pain ! C'est que j'ai faim moi ! » Mais rien n'a bougé. Jeanne n'est pas descendue. Mais c'est mieux ainsi. Il aura le temps de préparer la maison, de passer un chiffon sur les meubles, de ranger la cuisine, mettre les marguerites dans le vase, préparer le thé — car ce ne peut être que du thé, nigaud, elle est bien trop pâle pour supporter du café ! —, d'ouvrir grandes les fenêtres au premier vrai soleil de l'été, le soleil de Paris lui donnant toujours l'impression d'être tronçonné, écorné par l'angle d'un mur ou le toit d'une maison, coupé en tranches comme une part de gâteau qu'il faudrait partager avec la multitude sans en jouir soi-même...

Pierre n'a pas de montre. Il a toujours réglé sa vie à l'instinct, aux appels de la nature, la grande, celle des saisons, des astres, et la petite, la sienne, son propre corps. Au soleil qui a franchi la ligne des peupliers de l'autre côté de la rivière, aux serrements de son estomac, il comprend qu'il est près de midi.

Jeanne ne descend pas.

Sur la table éclaboussée de lumière, les marguerites dressent leurs têtes. On dirait qu'elles aussi guettent un signe de vie de là-haut. Le thé est froid depuis longtemps dans la vieille théière marocaine. Le beurre coule. Les mouches commencent à chahuter sur la confiture de rhubarbe. Pierre n'a pas voulu entamer le pain : la première tartine revient à Jeanne. Pour elle, il doit éventrer cette belle rondeur de blé au parfum de terre...

Assis à sa place à l'extrémité de la table, Pierre contemple le vide du banc, le vide du bol. Pour la première fois dans cette maison pleine de lui qui invente à tout instant de quoi remplir et sa tête et ses doigts, Pierre éprouve lui-même le vide. Il est vrai que c'est la première fois qu'il y attend quelqu'un qui est déjà là. Etre seul ne l'a jamais dérangé, bien au contraire. Une bonne partie de son existence, il a mis son énergie à se protéger des autres, y compris des femmes aimées, pour sauvegarder une indépendance souvent cher payée et qu'il est même allé chercher en plein désert. Mais maintenant c'est différent : il se sent privé d'une présence qui lui est due. Il n'est pas seul, il est amputé. Comme l'insomniaque incapable de profiter utilement des heures dérobées au sommeil et qui se morfond en pleurant stérilement sur leur perte, Pierre ne parvient pas à faire autre chose qu'attendre en se regardant attendre.

A une heure trente, la fébrilité et la faim faisant front commun, il décide quand même de préparer une cinquième théière avec l'idée que seul du thé bouillant pourrait enfin la faire venir. Il finit le saucisson, celui entamé à l'épicerie avec Lucienne pour faire honneur au vin de l'année « qui n'attendait plus que lui ma foi ».

Penché à la fenêtre de la cuisine, il jette à la rivière la peau du saucisson. Il la voit qui glisse deux ou trois mètres dans le courant puis, happée par d'invisibles bouches, disparaître d'un coup au milieu de bouillonnements frénétiques. Ne demeurent à la surface de l'eau que quelques bulles qui éclatent alors comme des petits pets ou de baisers sonores dont Pierre s'évertue à croire qu'ils sont de remerciement.

L'appétit de la rivière est fascinant. Elle prend tout ce qu'on lui donne, elle absorbe tout gloutonnement. Souvent Pierre s'est assis sur le rebord de la fenêtre pour partager ses repas avec elle comme avec un animal familier ou une compagne de table. Cependant, c'est une autre compagne qu'il souhaiterait aujourd'hui, une qui fait défaut parce qu'elle vient tout à la fois de s'ajouter et de se soustraire à ce lieu qui ne l'avait pas prévue.

« Jeanne, descendez, voulez-vous ? » Il dit cela très haut, très fort.

Il revoit le visage levé vers lui, adouci de lune, où la voix tranche par une fermeté inattendue, au bord de la menace. Les mots de la veille lui reviennent en mémoire :

« Pierre, je peux rester des heures, pour ne pas dire des jours, sans bouger de ma chambre. »

Ne l'a-t-elle pas honnêtement prévenu ? Et lui, lui, qu'a-t-il répondu ? « C'est votre droit, Jeanne. » Mot pour mot. Alors, il faudrait savoir ! Quand on joue les princes, les héros de l'âme, il s'agit de suivre, mon vieux ! Fous-lui la paix, vis ta vie et sois là quand il faut !

Rien à redire à cela. Oh ! Il essaie bien encore d'émettre une protestation, de proposer un compromis, par exemple celui de porter son déjeuner jusqu'à sa chambre, mais il renonce à peine l'idée ébauchée, en vertu du « droit » précisément, du droit de Jeanne à choisir son moment, à n'être pas brusquée.

Pierre verra donc encore deux théières refroidir sans plus protester. Il a mis le beurre au frais et il épluche calmement les légumes pour la soupe du soir. Bien lui en prend : à trois heures et demie, il entend l'escalier grincer. Il n'a que le temps de jeter l'eau bouillante toute prête dans la théière et de remettre le beurre sur la table.

Les marguerites tournent leurs têtes vers le bruit qui grandit dans l'escalier. Les mouches interrompent leur sarabande. La théière fumante, le bol se mettent à prendre une densité particulière, l'air aussi. Le moulin entier semble tendu vers ce pas de femme, fragile, hésitant.

Pierre ne sait plus s'il doit s'asseoir ou rester debout. Il ne se souvient pas d'avoir été à ce point godiche, à ce point intimidé depuis ce spectacle de fin d'année à l'école communale, où il avait joué le Cid pour son vieil instituteur qui partait à la retraite et faisait ses adieux à la classe du Certificat d'Etudes.

Il jette un regard de blâme à ses jambes nues, à la

chemise bleue un peu trop tendue sur son estomac : « Est-ce que je n'aurais pas un peu grossi ces derniers temps ? » Trop tard pour un régime : Jeanne est devant lui.

Jeanne est descendue.

Jeanne embrasse la scène d'un regard, déroutée : la table en fête, le thé fumant, les marguerites, l'énorme pain rond, l'homme debout en chemise bleue et sur tout cela un soleil qui ruisselle, qui tombe en muettes cascades de lumière crue, douloureuse pour les yeux à demi clos refusant de s'ouvrir tout à fait à l'aveuglante vérité de cette journée encore sans lui, encore sans l'absent.

Combien de jours, de mois, forcera-t-on ainsi sa conscience ? Combien d'années lui infligera-t-on au réveil cette torturante certitude du manque ? Que ne la laisse-t-on dormir une bonne fois ? Et cet homme en chemise qu'attend-il d'elle qui ne peut, qui ne veut rien donner depuis qu'elle est dépossédée, rien ni elle-même devenue terre aride aux contours incertains, au climat insalubre ?

« Il n'est pas là, mon amie, cela est vrai, mais il y a de la confiture de rhubarbe. »

Bon, voilà qu'il recommence. Jeanne ouvre la bouche, ne trouve rien, comme d'habitude. Se rend-il compte de ce qu'il dit ?

Pierre marche vers elle, lui prend le poignet et la conduit jusqu'au banc où il l'assoit.

Les marguerites se tournent vers Jeanne.

Les grosses mains de Pierre, Pierre l'homme en chemise bleue qui ne se rend pas compte de ce qu'il dit, s'activent, versent le thé bouillant, découpent de larges tranches de pain, beurrent des tartines, étalent la confiture.

Jeanne frissonne. A nouveau elle s'égare vers l'autrefois, vers ce père qui lui aussi beurrait les tartines du petit déjeuner. C'était le moment qu'elle choisissait pour poser des questions, les questions les plus saugrenues auxquelles son père répondait dans l'ordre, sans se défiler, et ces réponses donnaient au pain un autre goût, celui de la tranquillité. La retrouvera-t-elle cette tranquillité des réponses sans mystère, des réponses d'un père ?

Pierre tend à Jeanne une tartine plus large que sa main. Il ne l'offre pas pour qu'on la refuse, cela se sent. Jeanne la prend donc, presque timidement, du bout des doigts, comme si elle redécouvrait son geste d'enfant. En même temps elle remonte ses genoux, pose ses deux pieds nus sur le banc et enveloppe le tout dans sa chemise de nuit. Petite fille, elle appelait ça « la tente », une manière sûre de n'avoir pas froid aux jambes car sous le tissu tendu aux genoux et retombant en corolle sur ce petit bout de femme, la chaleur du ventre et des fesses faisait office de fourneau.

Avant de mordre dans le pain Jeanne lève les yeux sur Pierre assis à ses côtés, sur cet homme étranger qui sait si peu d'elle et qui se permet l'impudence au plus intime de son mal, sans jamais s'excuser, et elle toujours démunie, toujours consentante à la fin. Les yeux de Pierre, des yeux noirs avec une curieuse lueur de sauvagerie chinée de clémence, l'encouragent à manger.

« Mais il y a de la confiture de rhubarbe... »

Que lui demande-t-il ? De combler le deuil par une tartine de confiture ? De remplacer l'immense brûlure par la douceur acide d'un malheureux pot de rhubarbe ?

Plus elle le regarde, plus elle comprend que c'est bien cela en effet ce qu'il attend.

Elle peut encore se lever, remonter dans sa chambre. Elle peut faire ses bagages, repasser le pont...

Et s'il avait raison ? Un tout petit peu raison ?

La rhubarbe dégouline le long du poignet...

C'est fait. Elle a choisi. Elle fond à pleines dents, à pleines mains sur cette tartine incroyable qui coule sur le menton, la chemise. Ce doit être le deuil lui-même qu'elle dévore car son appétit ressemble à de la rage. Elle mange comme on se venge.

« Encore une tartine, Jeanne ? »

Elle dit « oui » de la tête, la bouche pleine, les doigts maculés.

Pierre sourit :

« Dans ce cas, je vous accompagne ! »

A eux deux, ils vont engloutir une bonne moitié du pain de la mère Trobel, Jeanne avec la rhubarbe, Pierre du thon à l'huile et des olives, sans échanger une parole, concentrés sur leur frénésie, tête-bêche, tête-bêche Pierre et Jeanne avec l'absent entre eux, sorte de miroir qui leur renverrait leurs deux images inversées, au milieu d'une nuée de mouches folles de gras et de sucre.

C'est le troisième repas que Jeanne partage avec Pierre, la troisième fois qu'elle le voit manger sans fourchette, à pleines mains et cependant point salement. Le pain, les doigts lui servent à attraper la nourriture, à saucer l'huile. Ce geste déconcertant a quelque chose d'assez beau car il y met une manière de noblesse, sans doute parce qu'il se tient magnifiquement droit dans son antique fauteuil, sans doute parce qu'il sacralise la cadence de chacun de ses mouvements d'une lenteur presque spiritualisée.

Jeanne s'arrête enfin, rassasiée. Elle dégage ses jambes de la tente et retrouve ce réflexe, d'enfant aussi, de caresser des deux mains son ventre étonnamment plein, rond. Sur ce ventre plein, rond, demeure toujours l'empreinte de la douleur et de la brûlure étouffées contre elle une partie de la nuit. Pourtant douleur et brûlure sont devenues supportables, comme décalées d'un pas en arrière, un tout petit pas qui fait qu'on les tolère, qu'on peut mettre de la vie dessus. Elle connaît bien ces sortes de répit, ces moments rares où le mal se met en sourdine. Elle sait en bénéficier, même si cela demande toujours effort, courage.

Jeanne rompt le silence la première en désignant la théière :

« Pour le thé, comment avez-vous deviné ? »

Pierre rit :

« C'était facile. A la pâleur de votre teint, tout simplement.

— Je suis si pâle ?... » La question s'adresse autant à elle qu'à lui.

« Oui. Enfin, en général. Maintenant, c'est difficile à dire, vous avez de la rhubarbe partout. Attendez ! »

Pierre se lève, va vers la cuisine et revient avec une vaste cuvette pleine d'eau et un torchon propre. C'est seulement à cet instant que Jeanne découvre la nudité de Pierre. Il est nu, on ne peut plus nu en dehors de sa chemise bleue, propre mais vraisemblablement aussi ancienne que le moulin. Qu'une femme presque inconnue soit devant lui ne le gêne en apparence pas. Normalement, Jeanne serait en droit d'être surprise et même un peu fâchée. Seulement voilà, avec Pierre il en est probablement de la nudité comme de l'absence de fourchette ou de l'insolente impudeur des mots, on n'a pas de prise. Comment s'offusquer d'une nudité qui ni ne s'exhibe ni ne provoque, qui est là, tout bonnement, de la même manière que le moulin est là, accroupi sur la rivière, de la même manière qu'elle-même est là, funèbre et barbouillée de confiture, sans risquer d'être soi-même déplacé ? Quelle énigme cet homme qui embrouille si bien le rudimentaire et le raffinement, mange avec les mains avec des airs de seigneur et vous parle de la pâleur de votre teint les testicules à l'air ! Il faudra quand même qu'elle lui demande. Il faudra quand même qu'il explique...

Pierre pose la cuvette sur le rebord de la fenêtre ouverte au-dessus de la rivière à l'endroit même où hier — hier seulement, est-ce possible ? — elle découvrait l'étrange magie de l'eau scintillante sous la lune dans la pierre animée du moulin.

« Venez Jeanne. »

Jeanne approche de la fenêtre en essayant d'oublier la nudité sous la chemise bleue. La voix de Pierre est aussi candide et chaude que les dalles chauffées au soleil livrées à la plante délicate de ses pieds. D'ailleurs toute la pièce est chaude avec une certaine moiteur venue de l'humidité trop longtemps tenue enfermée et qui s'évapore enfin sous la tiède contrainte de l'été. Jeanne pense à son propre corps humide lui aussi du froid de la mort, dont chaque os paraît souffrir d'un manque de lumière et gémit de tristesse au moindre de ses mouvements. Elle envie cette maison d'où s'exhale l'hiver sans effort, naturellement.

Le soleil est dans la cuvette. La vieille cuvette en émail l'a gobé en entier sur le rebord étroit de la fenêtre du moulin. Il se roule dedans en lançant des éclairs bleus, du bleu de la chemise de Pierre, Pierre qui l'a convié pour débarbouiller une femme.

La femme cligne des yeux mais déjà son visage, ses mains se penchent sur cette petite flaque éblouissante aux reflets azurés capable de contenir le soleil. Longtemps Jeanne va s'asperger. La fraîcheur lumineuse de l'eau sur ses joues, sa bouche, lave, au-delà d'une rhubarbe enfantine, une marque plus profonde, une plaie vive et au travers de ses cils mouillés qui lui en renvoient la verdeur lénifiante, c'est toute la rivière en contrebas qui vient couler dans la vasque de ses deux mains jointes vers l'eau comme en prière.

Pierre tout près d'elle demeure silencieux. C'est ce silence qui permet que durent ces ablutions qui ressemblent à un baptême. Simplement il tendra le torchon quand Jeanne relèvera pour la dernière fois son visage ruisselant. Le tissu rugueux érafle les joues déjà surprises par le froid de l'eau. Jeanne spontanément se tourne vers Pierre qui, à son tour, plonge les mains dans l'eau, l'eau de Jeanne, inondant sa figure, son cou, ses boucles noires tissées de filets blancs.

A son tour, Jeanne respecte cette longue ablution, plus sauvage que la sienne mais tout aussi rituelle entre ciel et rivière, et, à son tour, elle tend le torchon plein d'elle-même où il enfouit son visage et le désordre mouillé de ses cheveux.

Un homme et une femme qui ne se connaissent pas, partagent ce qui ne se partage pas, l'eau d'une toilette où l'âme et le corps se confondent, appuyés à la pierre frémissante d'une maison qui respire, qui transpire, fenêtre ouverte sur l'univers.

Après ces longs mois d'indifférence, aux choses, aux êtres, Jeanne doit admettre que Pierre continue de la surprendre par le don qu'il a de l'essentiel.

Ce partage de l'eau dans le recueillement, la simplicité, opère sur elle tel un sortilège. La venue au moulin commence à prendre du poids, même si Jeanne est loin d'en connaître le sens. Pour la première fois depuis hier soir où ils se sont accoudés à la même fenêtre sans parvenir à la partager jusqu'au bout puisque Jeanne s'est rebellée, souhaitant repasser le pont, rompre l'engagement, elle a l'espoir fragile, de ne s'être pas trompée, d'être ici pour quelque chose, autre chose en tout cas que la seule « envie de rien » ainsi qu'elle l'avait avoué, et c'était vrai alors, bien sûr. Dire qu'elle a envie maintenant d'être dans ce moulin serait peut-être trop dire, ce qui est sûr c'est qu'elle n'éprouve plus l'angoissant besoin de ne plus y être. Pierre, cette maison, cette extravagante façon qu'ils ont ensemble d'agir sur elle réveillent un sentiment qu'elle croyait mort aussi, disparu aussi avec la plus vivante part d'elle-même : la curiosité, dans sa forme la plus pure, la plus désintéressée, celle qui, enfant, questionnait indéfiniment le père aux tartines beurrées.

Cet homme, ce moulin l'étonnent et elle s'étonne d'y être sensible, malgré la douleur si exclusive, si despotique d'ordinaire.

Pierre se sait-il en cause ? On pourrait le croire à la manière qu'il a eu de garder le silence et de la regarder tranquillement comme s'il attendait patiemment qu'elle ait fini de penser ou de rêver ou les deux à la fois. Mais elle ne pense pas, elle ne rêve pas, elle s'étonne si fort maintenant qu'il le voit :

« Oui, c'est cela le moulin, Jeanne. Vous savez, même moi il me surprend encore. »

Il jette l'eau de la cuvette dans la rivière.

« Je peux vous poser une question, mon amie ? »

Il a l'air gêné. Jeanne s'inquiète, craint le pire, l'indiscrétion.

« Oui, dit-elle avec la tentation de dire non.

— Avez-vous lu les *Confessions* ? »

Le ton devient solennel. Est-ce si important, se demande-t-elle, plutôt intriguée cette fois.

« Evidemment », répond-elle.

Cet « évidemment » fait l'effet d'une bombe. Pierre se met à gambader. L'allégresse le soulève de terre. Avec ses cheveux mouillés, ses jambes balourdes et surtout ce sexe libre qui cogne contre ses cuisses comme le balancier d'une pendule, Pierre a l'air d'un faune ou d'un animal mythique à tête d'homme. Jeanne ne se souvient pas d'avoir vu une joie s'emparer à ce point d'un corps, l'habiter si pleinement. Toute la pièce se met à vibrer du tremblement énorme qui monte de ses pieds jusqu'au cliquetis de la verrerie dans l'armoire en chêne. Entre le moulin et le corps en liesse une danse commence, antique, scandée par des vagues trépidantes nées de la matière, du bois, de la pierre, de la toiture aussi où les ardoises s'entrechoquent.

Ce spectacle effarant ressemble à un rêve, un rêve que Jeanne a déclenché par un seul mot. Elle ne saurait dire si c'est beau ou au contraire terrifiant. Ce spectacle est hors jugement comme tout ce qui touche à Pierre. Elle le contemple sans comprendre et le fait de ne pas comprendre la remplit d'une reconnaissance particulière qui s'apparente à la candeur enfantine, à la crédulité, à l'époque bénie et si lointaine où même si elle ne comprenait pas tout, rien de mauvais ne pouvait lui arriver.

Pierre ne s'offusque pas de l'ahurissement de Jeanne. Le voit-il seulement? Il court vers un vieux tourne-disque, y jette le premier microsillon venu et sans attendre les crachotis de la musique attrape Jeanne et l'entraîne dans sa danse.

Jeanne pensera plus tard que Pierre n'a pas eu de chance : c'est Sidney Bechet : *Petite fleur.* Il aurait pu mettre sur son pick-up tout ce qu'il voulait, sa collection complète de vieux airs de jazz mais pas celui-là, non pas celui-là ! Elle aurait dansé, à coup sûr. Elle aurait même peut-être posé le front sur son épaule, cédant à la tradition, ou sauté entre ses jambes pour montrer qu'elle connaît ses classiques en matière de bebop, malgré l'entrave de la chemise de nuit. Elle aurait ajouté au délire ambiant ses petites réserves d'énergie, à la loufoquerie générale les preuves de sa bonne volonté pour n'être pas en reste et faire plaisir, mais pas sur cet air de Bechet. Pierre, pas sur *Petite fleur !*

Sur *Petite fleur* Jeanne a connu contre sa joue une certaine rugosité du désir, aujourd'hui perdue, autour de sa taille le bras amoureux d'un certain enlacement, aujourd'hui délacé, et collés à sa poitrine les battements d'une certaine autre poitrine explosée de tendresse, aujourd'hui silencieuse. Sur *Petite fleur* Jeanne a autrefois mesuré le bonheur en secondes d'éternité. Ces secondes s'égrènent maintenant dans un sablier qui à chaque grain de sable tombé retire à Jeanne un peu de sa vie. Elle se sent glisser très lentement le long de cette musique et tomberait elle aussi si elle n'était tenue, retenue par deux mains dont elle sait la vigueur, l'obstination mais qui, elle l'espère, vont bien comprendre qu'il faut s'arrêter là. Oui, elles vont comprendre, elles comprennent.

« Voulez-vous que j'arrête cette musique, Jeanne ? »

Son corps de plus en plus défaillant répond à sa place.

Pierre aide Jeanne à s'asseoir sur le grand fauteuil, son fauteuil de seigneur. La musique s'arrête. Un silence encombrant s'installe. Tout se tait comme à l'annonce d'une mauvaise nouvelle, depuis le plancher jusqu'au toit d'ardoise.

Jeanne se sent rétrécir entre les accoudoirs sculptés, mais pas encore assez. Elle voudrait disparaître pour que disparaissent avec elle les images d'amour, les images de torture que la musique a malencontreusement tirées de la pénombre reposante d'un provisoire oubli.

Le soleil contribue au désastre : il vient de passer l'angle de la fenêtre comme s'il s'éclipsait lâchement, la fête interrompue. C'est le signal, bien avant la fin du jour, de la fin du jour, l'amorce prématurée du crépuscule qui bientôt donnera aux choses, à la nature, une inquiétante précarité, l'heure où ceux qui se meurent meurent, l'heure où ceux qui souffrent voient se démultiplier la souffrance, mais pour Jeanne, Jeanne seulement, le soleil qui quitte une pièce est le présage impitoyable de la mauvaise heure.

Pierre, debout, encore essoufflé, de grosses gouttes de sueur roulant sur le front, s'efforce de composer avec ce nouveau décor. Il a l'air plus nu encore maintenant que le soleil s'est retiré, devant cette table en désordre témoin de leur intempérance. Il faudra quand même qu'elle lui demande, qu'il s'explique... Mais elle, peut-elle expliquer et si oui, comment? Comment expliquer la douleur du manque quand tous les mots sont en deçà, quand ils ne rendent compte que d'une infime partie de cette douleur, la plus grande part échappant au récit, aux règles de la logique humaine ?

Jeanne se demande « comment », elle ne se demande plus « pourquoi », ainsi qu'elle l'aurait fait hier encore. Que s'est-il donc passé qu'elle accorde maintenant à Pierre le droit de l'écouter souffrir ?

D'ailleurs il s'approche, essuie son front du revers de sa chemise, s'assoit sur le banc près d'elle à la place qu'elle occupait pour le thé.

« Pierre, je suis mal...

— C'est la musique ?

— Oui... Non, c'est le souvenir, mais parfois la musique va avec. *Petite fleur*, voyez-vous, c'est, c'était... » Sa voix se fêle, se fissure.

« Chut ! Ne dites rien. J'ai compris. » Il pose sa main sur la bouche de Jeanne, comme une certaine fois, à Paris. Incroyable la force persuasive de cette main, sa privauté aussi.

« Vous sentez le thon ! » Et cette notation si domestique de Jeanne tandis que la douleur du manque lui vrille l'âme n'est-elle pas incroyable ? Reste-t-il un nez pour sentir, une langue pour le dire quand l'être est pris dans l'étau de la mort ?

Pourtant ils vont sourire tous les deux à cette remarque, en aspirant bien fort le sourire ainsi qu'une bouffée d'oxygène.

« Vous allez pleurer, Jeanne ?

— Je ne sais pas... Pourquoi, vous avez peur des larmes ?

— Oui. Ça me gêne. Ça m'exaspère. Pourtant, c'est bizarre, les vôtres...

— Les miennes ?

— Les vôtres ne sont pas des larmes de femme, ni d'homme d'ailleurs. Ce sont des larmes d'humain, un humain égaré, un humain paumé, tout seul quoi ! »

Egarée, paumée, c'est bien ce qu'elle est. Il a raison. A cette seule idée elle pourrait pleurer. Mais lui, lui pourquoi parle-t-il du « paumé », du « tout seul » avec tant de conviction ? C'est vrai quc Pierre a dit cette phrase avec trop d'intensité pour ne pas donner à penser qu'elle s'adresse aussi — pour ne pas dire d'abord — à lui-même. Son visage accompagne ces paroles d'une tristesse inhabituelle.

Jeanne en est toute troublée. Qu'une souffrance puisse germer dans ce grand corps impétueux, dans cette tête fondamentalement optimiste, la déconcerte. A la fois cette idée la réconforte comme si elle constituait une brèche possible à sa solitude-forteresse, à la fois elle la déçoit comme si elle s'était déjà accoutumée, même en protestant, à cet ouragan de certitude auprès d'elle, déjà apprivoisée, petite bête endolorie, effarouchée, à l'animale confiance qui ponctue chaque mot, chaque attitude de cet homme.

Pierre baisse la tête. On le dirait penaud d'être triste.

Jeanne hésite, se lance :

« Vous pourriez pleurer, Pierre ?

— Pourquoi pas ? » La voix est sincère.

La pâleur envahit le visage de Pierre comme cette brume ouateuse qui lèche les flancs des collines frigorifiées à l'automne, tirée du haut ainsi qu'un gros édredon. La pâleur ne va pas à cet homme sanguin, brûlant de vie. Il prend sa respiration :

« Je ne détesterais pas que vous m'appreniez vos larmes, ma bonne amie. »

Une émotion nouvelle barbouille le cœur de Jeanne. Que faire de ce précieux cadeau ?

« Peut-être... Plus tard, Pierre. Mais d'abord, apprenez-moi votre rire, voulez-vous ? »

Pierre s'est levé d'un bond en renversant le banc. Les couleurs lui sont revenues, la gaieté également. Il commence à débarrasser la table.

Jeanne à son tour se lève. Elle a retrouvé elle aussi quelques couleurs, celles que le torchon rêche avait mises sur ses joues tout à l'heure.

Il se bat avec les mouches sur la confiture de rhubarbe.

« Vous ne me trouvez pas un peu con, Jeanne ? »

Elle ramasse les bols, regarde les marguerites. Il est parti à la cuisine sans attendre la réponse. Il revient en se grattant l'entrejambe le plus naturellement du monde.

« Pierre ? »

Il redresse la tête, sa bonne tête d'homme.

« Vous n'êtes pas con. Pas con du tout. »

Les marguerites ont l'air d'accord...

Une surprise pour elle-même, Jeanne ? Pierre veut bien le croire depuis deux jours et deux nuits qu'il la voit évoluer au moulin. Imprévisible à elle-même, elle l'est aussi aux autres, à la rivière, à la lune, au thé qui apprendra encore à refroidir dans la vieille théière marocaine.

Comment prévoir où les forces contraires qui la meuvent la poseront ? On l'attend quelque part, elle est ailleurs ; on ne l'attend plus, elle arrive. On la craint douloureuse, elle apparaît avec une frimousse de jeune fille, étonnamment fraîche, enjouée. On l'espère enjouée, c'est un être ravagé qui survient, regard inconsolé où se lit l'angoisse irrémédiable, surhumaine. « Apprendre mon rire »... Pauvre euphémisme ! C'est « apprendre à vivre » qu'il lui faudra, sans métaphore, non point parce qu'elle voudrait mourir — il n'y a rien de plus vivant que cette femme-là — mais parce qu'une absence plus présente qu'aucune présence entrave tous ses pas, toutes ses pensées. A ce fantôme, à cet être visible d'elle seule, elle continue de faire une place partout où elle se déplace, partout où elle rêve, instinctivement. Parfois elle se retourne brusquement comme s'il venait d'entrer dans la pièce et Pierre, Pierre le rationnel, se retourne aussi tant la conviction de Jeanne l'impressionne.

Il arrive à Pierre de se demander s'il n'aurait pas présumé de son endurance en invitant aussi au moulin, par bienveillance bien sûr, mais peut-être également par forfanterie (la même au fond que Don Juan conviant à sa table le commandeur) cet étrange compagnon de l'ombre qui pèse tant sur Jeanne. Sur eux. Plus d'une fois il a souhaité le mettre à la porte purement et simplement, particulièrement quand à cause de lui un projet alléchant tourne court, sans préavis. Pierre peut alors se conduire comme un enfant trompé qui crie à l'injustice et réclame réparation. Il se permet des reproches, qu'il se reproche aussitôt et qui commencent tous par « Jeanne, vous devriez » ou « Jeanne, il faudrait que », injonctions aussi vaines qu'inopportunes quand d'un simple et triste regard elle le renvoie à ses propres limites. Heureusement, ces moments d'impatience sont rarissimes, à sa grande surprise d'ailleurs, d'abord parce que Jeanne, contrairement à ce qu'elle prétendait, ne cesse de multiplier les efforts, de se surmonter, tellement que Pierre cède le premier : « Ne vous forcez en rien, Jeanne. Tout va bien pour moi, je vous assure », ensuite parce que quelque chose d'irrésistible et d'irréductible l'attire chez cette femme que le malheur a métamorphosée en un être à part, inclassable et qui le fascine, un être dont il n'a lu l'exemple dans aucun de ses livres et qu'il veut comprendre à tout prix comme si en le comprenant il allait au-devant d'une révélation qui le concerne personnellement, intimement.

Pierre éprouve un besoin, un besoin urgent d'en savoir plus long sur le monde que Jeanne côtoie, sur le pays des ombres où, il le voit, elle va s'aventurer aux moments les plus inattendus, revenant les yeux pleins d'une certaine lueur. Il sait qu'avec cette femme qui a lu, « évidemment », les *Confessions* et qui aime donc forcément parler de soi, de l'autre, de soi en miroir de l'autre, il a aussi à apprendre. Le peu de fois où il a d'ailleurs commencé d'échanger, même furtivement, des considérations sur la vie, la mort, il a vu poindre dans son regard un ardent éclat. Il s'est même demandé si juste à cet instant elle n'éprouvait pas enfin la paix au tourment continu qui la brise.

Ah ! Jeanne, parlons, parlons ensemble ! J'ai tant de choses à entendre de vous, tant à vous dire, vous qui êtes partout à force de n'être nulle part !

Pierre clame très haut, très fort, encore, car depuis que Jeanne est au moulin, le lyrisme du désert lui est revenu, intense.

Jeanne a sur Pierre l'effet de l'infini du sable.

Jeanne approche la chaise contre la fenêtre mansardée. Elle s'assoit, pose ses coudes sur le rebord, puis le menton sur ses mains.

Jeanne regarde glisser la rivière luisante et distendue comme la langue d'un fourmilier entre les rangées d'arbres. Elle essaie de concentrer son esprit sur quelque chose, ce bout de branche par exemple qui descend lentement le courant, s'accroche un instant à une excroissance de la rive et repart. Quand elle le perd des yeux, elle choisit un autre objet flottant et refait le chemin avec lui, ainsi de suite.

Force hypnotique du rabâchement, du geste répété jusqu'au recul de la conscience.

Jeanne, les yeux grands ouverts, berce son désespoir, endort la douleur.

« Comment ça va chez vous ?

— Bien, madame Trobel. Fort bien. »

Pierre range un à un ses paquets dans le grand sac en toile.

« C'est vrai c' mensonge ! »

Il relève les yeux et regarde bien droit sa vieille complice. Difficile de lui cacher quoi que ce soit à l'épicière. Il hésite. C'est vrai qu'il aimerait bien parler de Jeanne à quelqu'un.

Elle le devance : « C'était pas ce que vous croyiez mon p'tit, c'est ça ? »

Tout à coup, il se sent honteux, pour lui, pour Jeanne. Qu'est-ce qu'elle va imaginer là ?

« Non, non, madame Trobel. C'est que... Enfin, je ne suis pas déçu si c'est cela que vous voulez dire... » Quand même, ce n'est pas désagréable qu'elle n'ait, par principe, pas de doute sur lui, qu'elle s'inquiète d'abord pour lui.

Elle attend la suite. A la campagne quand on attend que le grain mûrisse, que la vache vêle, on peut très bien attendre qu'un homme prenne son temps, surtout pour parler.

« Ce n'est pas une femme comme les autres, madame Trobel.

— Badadère ! Les hommes disent tous ça quand ils sont amoureux !

— Je ne suis pas amoureux et puis cette fois, c'est la vérité. »

« Pas amoureux »... Il vient de le dire, spontanément, comme il aurait dit, « délicieux, votre jambon cette année, madame Trobel ». Il vient de le dire sans réfléchir, sans difficulté et voilà que ça lui coupe le souffle. Pourquoi ? Eh bien, il n'en sait rien pourquoi !

« Un p'tit rouge, monsieur Cambon ? »

Quand elle l'appelle ainsi, c'est le signe qu'elle est émue et quand elle est émue, elle offre un coup.

Comprenant intuitivement que sur ce qui est de l'état amoureux, elle n'en saura pas plus, elle attaque sur l'autre front :

« Et c'est quoi qu'elle a de si différent alors ?

— Son mari est mort il y a quatre mois, madame Trobel. C'est tout. »

Grand silence. Pierre la sent qui rentre en soi, dans sa coquille du premier deuil certainement, celui d'un jeune homme, Pierre s'en souvient maintenant, un jeune soldat de vingt ans aux cheveux couleur de seigle, le seul de tous ses hommes dont elle parle les larmes dans la voix.

« Pauvre petite. »

Ce sera le seul mot de la paysanne, un mot venu du fond du corps, du fond de la mémoire mutilée, mais c'est à Pierre qu'il fait mal soudain car d'un seul mot Lucienne Trobel va le placer devant sa propre impuissance, lui qui n'a pas été capable finalement de dire une seule fois à Jeanne « pauvre petite », simplement, comme cette vieille femme le fait, et qui à l'inverse l'oblige à se surpasser en lui faisant la leçon, à être « grande » en dépit de la nature. En quelques secondes, il sent bien que Lucienne a changé de camp. Malgré sa sincère affection pour Pierre, c'est avec Jeanne qu'elle se solidarise, à elle que vont sa commisération, son indulgence, à cette femme qu'elle n'a jamais vue, cette sœur, cette abandonnée comme elle le fut elle-même, la couronne d'oranger à peine ôtée de ses cheveux.

Pierre finit son verre, sans parler, puis il ramasse son sac et ouvre la porte qui carillonne. Au moment de la refermer l'épicière court jusqu'à lui, lui fourre un saucisson dans la poche.

« Donnez-lui donc ça, mon petit, c'est du meilleur !... »

Pierre roule un peu trop vite. il met la cassette d'Armstrong — au point où il en est... Les deux visages de Jeanne et de la paysanne se confondent, leurs deux visages remplis d'une même surprise désespérée, d'une même muette interrogation.

La mère Trobel a raison. Enfin, elle n'a rien dit ! Elle n'a fait aucun reproche ! C'est possible, mais quand même... Elle a dit « pauvre petite ». Il faut qu'il procède autrement, qu'il revoit tout. Jeanne a besoin de la plus extrême patience, de la plus grande bienveillance. Jeanne est infirme. En a-t-il suffisamment tenu compte quand il l'a obligée à se lever, à partir ? Est-ce pour elle qu'il l'a forcée et non pas d'abord pour lui ? Pour lui !

Pierre n'a pas le temps de répondre à la question, l'essentielle question : Jeanne est assise en plein milieu de la passerelle, les jambes en tailleur, sans livre, sans rien, comme quelqu'un qui attend.

Jeanne attend Pierre.

Il oublie les commissions, dévale le talus. La passerelle gémit sous son pas précipité. Il prend les deux mains de Jeanne, pose un baiser sur chacune et l'aide à se relever.

Elle sourit mais gémit à son tour, plus encore que le bois vermoulu de la passerelle.

« Vous avez mal ?

— Oui, j'ai mal partout. J'ai mal aux os.

— C'est la rivière. Il vous faut du soleil... »

Bien souvent, à Paris, quand Pierre partait à l'assaut et qu'au plus fort du refus il tentait de la convaincre de le suivre au moulin, c'est à un après-midi semblable qu'il rêvait pour Jeanne, à ce lieu auquel il songeait en premier, celui qu'il appelle « le jardin », un espace de gazon planté de quatre rosiers, suspendu à l'abri de la route entre le talus et la rivière, charmant de modestie, certainement plus aux dimensions d'une petite fille que d'un colosse à moitié nu, plein des bruits de la rivière venant clapoter là avec une pudeur particulière comme si elle se savait en terre civilisée, à cause de l'herbe coquettement tondue et des roses d'un jaune rare et délicat...

Jeanne est allongée sur la couverture. Elle a fini par

retirer son chandail et son dos nu est offert au soleil. Pierre s'est étendu un peu plus loin, à même le gazon, vêtu de sa seule éternelle chemise, un texte de Diderot à la main, les retrouvailles avec Rousseau ayant déclenché une furieuse fringale de XVIIIe siècle qui lui fera son été. De temps en temps, il se tourne vers ce corps de femme plutôt harmonieux et cependant si inexplicablement neutre comme si le traumatisme du deuil en avait extirpé toute impulsion, tout élan sans lequel la chair devient matière, un corps de femme réduit à sa forme et que le soleil lui-même lèche sans pénétrer, dérouté par cette peau blanche et froide qui se refuse à l'accueillir et se donne encore à lui d'une manière trompeuse.

« Pierre, je n'arrive pas à me réchauffer.

— Je sais, Jeanne, je sais. » Il dit cela comme l'épicière a dit « pauvre petite ».

« Ce n'est pas la rivière...

— Je sais. »

Pierre, lui, a chaud, si chaud aux côtés de ce corps transi que c'en est révoltant.

De même qu'elle l'a attendu, assise au milieu de la passerelle, elle attend maintenant une réponse, une solution. Le ton de sa voix est un appel, une vraie demande. Pour la première fois depuis qu'ils se connaissent, Jeanne attend quelque chose de Pierre. Elle demande rien, elle demande tout : elle demande la chaleur.

Il se lève, la chemise collée de sueur, les jambes luisantes de transpiration, cœur battant, gorge nouée.

Pierre a le trac et c'est délicieux. Du trac va venir l'idée...

Pierre a enroulé Jeanne comme on roule un tapis, comme on roule une cigarette sur le gras de la cuisse, dans sa couverture de chameau venue du bout du sable, là où il fait le plus torride, là où il fait le plus glacial. Seule la tête de Jeanne dépasse et les deux yeux surpris, amusés même par la rapidité, la cocasserie de la décision.

Dans la couverture de chameau de Pierre, il y a les bonheurs caniculaires des jours désertiques, l'ardeur d'un homme sans âge impatient d'amour, de vérité, la moiteur des sommeils alcooliques, la fièvre amoureuse d'une petite Touareg de treize ans, l'énergie tendre des épouses, le feu lascif des amantes, la lente brûlure de l'angoisse.

La couverture de chameau de Pierre concentre à elle seule la chaleur contagieuse d'une existence, la chaleur d'une vie.

Les bruits de la rivière se sont interrompus, l'air s'est immobilisé, le temps s'arrête. Quand elle n'aura plus froid, et seulement quand elle n'aura plus froid, ce dernier pourra reprendre sa marche butée, imbécile. A-t-on vu plus bête que la course du temps ?...

« Pierre !

— Oui ?

— J'ai chaud. »

Depuis près d'une semaine qu'ils sont là, Jeanne n'a pas repassé la passerelle qui isole le moulin du reste du monde, sauf pour descendre au « jardin », la seule partie terrienne finalement de cette demeure. Elle est convaincue que si elle avait franchi ce pont, elle ne serait pas revenue en arrière. Elle ne se serait pas laissée porter une deuxième fois, non qu'elle soit plus malheureuse au moulin qu'ailleurs, mais parce que sa présence ici a quelque chose d'utopique, elle ressemble à un songe prolongé dont rien n'empêche qu'elle se réveille à tout moment. La seule réalité, la seule chose tangible de cet été continue d'être l'esseulement, malgré Pierre mais pas à cause de lui, l'esseulement fondamental. Cela seul est concret, palpable, vérifiable à chaque instant. Les jours passant, elle voit bien les formes diverses que peut prendre la crudité du deuil. Il n'existe pas pour lui de moments privilégiés pour exister, ce qui permettrait de le circonscrire ou du moins de le voir venir et de prendre des mesures pour le recevoir. Il est partout et tout le temps, dans les plus petites choses, peut-être même surtout dans les petites, l'absence d'un blaireau sur le lavabo, un très secret jeu de mots à deux dont manque la deuxième voix, une certaine façon de boire le café que l'on croyait unique, toutes ces petites choses de la vie.

Jeanne a donc reconstitué au moulin, ainsi qu'une petite fille sa maison de poupée ou un garçon sa tente d'Indien, un lieu où elle continue de convoler avec les souvenirs, petits et grands, un cadre accueillant pour la funeste nostalgie qu'il faut bien mettre quelque part. Ce cadre ne dépasse pas la limite du jardin où elle a aussi marqué son territoire. Mais c'est dans sa chambre, la chambre mansardée, qu'elle a installé le deuil le plus spécifiquement, sans doute parce que c'est une pièce où Pierre ne vient jamais, qui lui appartient tout à fait. Contrairement à son inquiétude de la première nuit, l'exiguïté de l'espace l'arrange. Elle lui permet de concentrer, d'entasser là, à l'abri des regards, des jugements, la part la plus essentielle du désespoir. Parfois, celui-ci est si compact, si proliférant, qu'elle a du mal à ouvrir la porte sur laquelle il pèse de tout son poids et elle parvient jusqu'à son lit ou la fenêtre, son poste de prédilection, avec difficulté, mais quand elle y est, le dialogue s'engage, avec ses excès, ses silences d'où elle est loin de sortir toujours vainqueur. De même qu'à Paris — elle pense d'ailleurs agir ainsi avec sagesse, car il faut, dit-elle, que désespoir se passe tout comme jeunesse se passe, encore qu'elle ait du mal à imaginer qu'il puisse y avoir après le désespoir autre chose que du désespoir, mais enfin elle ne l'exclut pas quand même et en cela elle donne raison à Pierre — elle laisse au chagrin la même entière liberté de paroles et de gestes et si elle se résout au mieux à l'endormir, au pire à le plaquer au sol en l'étouffant, c'est que celui-ci a dépassé la mesure ou qu'il y a risque pour sa raison et peut-être pour sa vie.

Par respect pour Pierre dont la bienveillance va grandissant, elle ne descend jamais qu'elle ne soit à peu près présentable même si son visage — mais il n'y peut pas grand-chose — garde parfois les séquelles, les contusions des combats qui ont précédé dans la chambre mansardée. En revanche, elle ne peut pas s'empêcher, en descendant, de garder par-devers elle, dans sa poche ou dans le creux fermé de son poing, un vestige, un petit souvenir de là-haut auquel elle s'accroche pour tenir bon en bas. Elle se souvient que son père, pour conjurer les rhumatismes, mettait des marrons dans ses poches. Eh bien, elle procède de même avec les fragments, les débris prélevés sur le deuil qu'elle enfouit contre son corps. Ainsi elle conjure le manque, l'intolérable manque de l'absent, ainsi elle atteint une relative légèreté, parfois même un certain enjouement tandis qu'elle vaque en sentant sur sa paume ou sa cuisse, la présence rassurante d'un éclat, d'un morceau du grand tourment persistant et intime dont le contact lui est plus que nécessaire : vital.

De la souffrance du deuil, Jeanne n'est pas à même de se sevrer. Elle en est très loin car d'une certaine façon, et paradoxalement, c'est la souffrance qui le rend acceptable et supportable à la fois. Comment comprendre un tel paradoxe sans croire à de la complaisance ?

Pourtant Pierre, heure après heure, jour après jour, se laisse persuader. Après avoir tout fait pour amener Jeanne à goûter d'autres nourritures que le lait de la mort (s'il y est parvenu c'est toujours par surprise et Jeanne payait très cher ensuite ces efforts contre nature), il a accepté de transiger : il la laisse s'allaiter librement, du moment que ce n'est pas exclusif, au sein du désespoir. Parfois même, il vient la regarder boire, il écoute couler dans la gorge les jets tièdes des sanglots.

En veut-il lui aussi ? Parfois elle se le demande.

Depuis que Pierre a roulé Jeanne dans sa couverture, celle-ci a pris une senteur nouvelle, une odeur où se combinent l'arôme frais du gazon et le parfum particulier d'une peau de femme. Pierre revoit Jeanne les yeux fermés, concentrée, comme si elle décodait un à un les souvenirs laissés dans ce poil rudimentaire. Il revoit la manière incrédule, presque émerveillée, qu'elle a eu de dire « J'ai chaud ».

Jeanne lui a rendu là le plaisir qu'il a éprouvé à la voir attendre sur la passerelle.

Il a du mal, cette nuit encore, à trouver le sommeil.

Ils ont beaucoup devisé ce soir, de Rousseau, de tout, de rien. Jeanne, pendant le dîner, a fait montre d'une exubérance inattendue et même d'une certaine flamme. Elle parle comme quelqu'un qui jouit du bonheur des mots. Elle a ri quand Pierre lui a dit qu'ils auraient pu parfaitement se rencontrer dans un de ces salons où les encyclopédistes se retrouvaient pour refaire le monde. Le haricot de mouton de Pierre était particulièrement réussi, Jeanne en a repris. Elle commence à savoir manger d'une manière un peu moins citadine. Il aime lui faire à manger, autant que de parler avec elle. Pour demain il a proposé de lui sortir la bicyclette. D'abord elle a dit « oui », ensuite elle a dit « peut-être ». On verra bien. Elle dit souvent « peut-être ». Elle se méfie. Elle se méfie d'elle-même.

Pierre se lève. Il a besoin d'air...

Sur la passerelle qui enjambe la rivière, Pierre s'arrête, non pour se pencher sur l'eau comme il aime à le faire, à guetter le bond électrique d'une carpe ou d'une ablette parmi les roseaux endormis mais parce que, soudain, son cœur le réclame, ce même cœur qu'il refuse à la cupidité morbide des médecins et à l'impérialisme de la raison, lui qu'aucun raisonnement n'a jamais su convaincre quand il s'agit de son propre corps. Encore une fois, il sent sa poitrine se crisper douloureusement, rouler sur sa tempe un filet d'eau glacée.

Pierre se tient à la rembarde et laisse le malaise l'envahir. Il ne tient pas à le contrarier. Il le traite comme cette guêpe à qui on abandonnerait sagement un des pots de confiture plutôt que de la pourchasser sur la table du petit déjeuner au risque d'être piqué. Par son calme, il autorise le malaise à prendre son temps et ses aises. Il le laisse se repaître de sa force de vie. De la force de vie, il en a encore à revendre ! Une autre rigole d'eau coule sur sa nuque, en lame de couteau.

Pierre respire avec soin. Il inspire lentement l'air plein de senteurs d'algues de la rivière amie. Il inhale sa nourrissante moisissure pour éloigner de la peur le malaise qui bourdonne aux oreilles. Il souffle l'air chaud de son sang sur ses deux larges mains blanchies de lune qui le maintiennent debout, suspendu au-dessus de l'eau noire, deux nénuphars en fleur, gras, dodus.

Quand le malaise se sera bien gorgé, bien satisfait, il se retirera, libérant la poitrine. Il faut attendre, c'est tout. Attendre la fin des agapes, sans se laisser distraire par rien, ni par les facéties d'une ablette ni surtout par la pensée d'une femme amenée là dans un réflexe de jeune homme, un réflexe de bonne santé, une femme qui ne sait pas...

La masse sombre du moulin attend aussi que l'homme en équilibre entre terre et eau, en équilibre sur sa destinée, reprenne possession de son cœur.

Des secondes, des minutes peut-être, et l'étau en effet se desserre. Il lâche la poitrine comme les doigts d'un dormeur abandonnent progressivement l'oreiller où ils s'agrippaient pourtant fermement avant que le sommeil ne l'emporte.

La sueur sur les tempes et le cou tiédit sur la peau qui la boit maintenant avec gratitude. Pierre lâche la rembarde. Un bonheur presque enfantin l'inonde.

Se savoir ainsi si vivant après ces longs instants d'indécision ressemble à une mise au monde. Il ne voit pas très bien qui il pourrait remercier, mais c'est vrai qu'il voudrait dire merci, merci au moulin, merci à la rivière, merci — pourquoi pas ? — à cette femme là-haut qui ne sait rien et ne doit rien savoir.

Après ces malaises, Pierre retrouve un regain d'ardeur et de pétulance, comme s'il fallait rattraper le temps perdu en compensant la défaillance par du trop plein, le moment d'absence par une présence démultipliée, sans vouloir admettre que cette fuite en avant constitue en elle-même un péril, qu'elle contribue à le rapprocher du malaise suivant et de son mortel danger.

Pierre se fait une immense flambée en sirotant la fin de la bouteille de Cahors.

Peut-être appellera-t-il le médecin (tiens, lui aussi dit « peut-être » !).

La chaleur du vin écarte peu à peu l'inquiétude. La chaleur du feu accueille le sommeil. Enfin.

C'est le premier matin où Jeanne est levée avant Pierre.

Sur la grande table ne l'attend point le thé fumant, ni le pain, ni le bouquet de fleurs rapportées du village. Quand Pierre dort, tout le moulin dort. Même le soleil déjà au rendez-vous erre dans la pièce sans trop savoir quoi faire. Les oiseaux chantent en sourdine, la rivière étouffe toutes les rumeurs. Jeanne se sentirait presque gênée d'être debout, aussi déplacée qu'une jeune flûtiste qui, le jour de son premier concert, pour quelques toutes petites notes sur la partition, se serait installée bien trop tôt dans la fosse d'orchestre, bien avant les violons, les cuivres, bien avant que les anciens n'aient rejoint leurs pupitres.

N'être pas attendue lui procure un curieux sentiment d'exclusion. N'être pas attendue lui octroie également une sorte d'autonomie qui n'est pas sans attrait. N'être sous aucun regard (particulièrement à ce moment de la journée où tout en elle est encore à naître, précaire d'incertitude) la renvoie à la liberté perdue depuis qu'elle a quitté Paris, car se réfugier dans la chambre mansardée c'est encore, faute de mieux, fuir un regard toujours trop proche, encore trop indiscret d'être si peu loin. Rien ne l'empêcherait maintenant de laisser couler ses pleurs sur le bois de la table ou sur le bord ensoleillé de la fenêtre, de donner libre cours aux larmes du petit déjeuner, lesquelles n'ont rien à voir avec les larmes du réveil ni les larmes du soir, encore moins avec celles de la mauvaise heure. Les larmes que l'on verse dans le thé du matin, qui salent le pain des tartines sucrées, ces larmes saluent la tristesse comme on salue un maître ou l'arrivée de quelqu'un qui vous en impose. Elles ne sont ni désespérées ni rageuses, elles s'inclinent devant plus puissant que vous, elles s'acceptent en victimes. Ce sont les larmes de la soumission, celles qui roulent le plus chaudes, le plus abondantes, parce que raisonnables. Les larmes du petit déjeuner ont raison de couler. Rien ne l'empêcherait donc... Cependant l'émotion d'être ainsi seule sans l'avoir cherché, sans s'être battue pour l'obtenir, détourne Jeanne des pleurs. Elle éprouve une extraordinaire envie de saluer plutôt les mouvements familiers du matin, de préparer elle-même son thé, de disposer la table, de mettre les gestes dans les gestes comme les pas dans l'empreinte de ses pas, et par-dessus tout cela, une rose du jardin encore un peu mouillée de la transpiration de l'aube.

Ce matin Jeanne beurrera ses tartines. Elle mangera délicatement, dégustant chaque bouchée. Elle ne se barbouillera ni de larmes ni de confiture de rhubarbe. Elle ne s'obligera en rien, silencieuse, recueillie. Ce matin Jeanne prendra son petit déjeuner sans comprendre d'où peut bien lui venir ce répit généreux, miséricordieux, sans essayer d'ailleurs d'en éclaircir plus avant les raisons puis elle mettra en route le café de Pierre afin de lui faire le cadeau de sa propre maison. D'ailleurs le voilà qui vient...

Qui aurait assisté au premier lever de Jeanne au moulin, le lendemain de son arrivée, et à celui-ci, aurait eu la sensation précise d'une situation exactement inversée, d'un tête-bêche, là encore, entre Jeanne et Pierre sur la base commune de cette table préparée par l'un pour le plaisir de l'autre. Le regard de Pierre sur cette scène inattendue, lui aussi sera de déroute, à sa façon :

« Je suis désolé, Jeanne... » Il boutonne maladroitement sa chemise sur son grand corps nu encore endormi.

« Désolé de quoi ? Je me suis réveillée avant vous, c'est tout ! Et en plus, je ne vous ai même pas attendu ! »

Le sourire de Jeanne ne semble pas le convaincre complètement. Pierre paraît désemparé. Il se laisse choir lourdement dans son fauteuil.

Jeanne remplit le bol de café et commence à couper une tartine.

« Il y a de la confiture de rhubarbe... », dit-elle. Le sourire de Jeanne gagne le visage de Pierre qui se détend enfin mais livre en même temps toute sa fragilité : Pierre est d'une pâleur inaccoutumée qui vieillit considérablement ses traits.

« Vous ne vous sentez pas bien ?

— Si, si... J'ai mal dormi simplement. Vous auriez dû m'interdire de finir le haricot de mouton !

— Peut-on vous interdire quelque chose, Pierre ?

— Non, c'est vrai, même pas de vous aimer.

— De m'aimer...

— Oui, je vous aime bien, vous savez.

— Ah ! bon ! Vous m'avez fait peur ! »

Maintenant, l'humeur est joyeuse. Pierre félicite Jeanne, un : pour son teint qu'il trouve bien meilleur, deux : pour la rose qui vaut le teint.

C'est Jeanne qui relance l'idée de la bicyclette. C'est vrai qu'elle en a envie, comme de se faire du thé tout à l'heure, et il ne sera pas dit qu'elle n'en profitera pas jusqu'au bout de ce répit qui veut bien durer, de ces instants d'envie qui poussent comme de fragiles bourgeons sur la branche morte de son désir, sans certitude de durer, elle le sait, l'hiver menaçant encore de quelques gelées redoutables, car il en est du deuil comme de certaines folies qui surviennent brusquement, brisant la raison sur un fond de normalité dont on ne peut prévoir la durée.

Jeanne sent au-dessus de sa tête cette même épée hasardeuse. Elle sait qu'à tout moment celle-ci peut tomber et couper sa raison en deux, verticalement, comme un fruit, d'une façon effroyablement propre.

C'est dit pour la bicyclette : Pierre se lève, enthousiaste.

Soudain, Jeanne le voit chanceler. Quand un homme comme Pierre, ce géant, cet Hercule, se met à vaciller sur ses deux bonnes jambes, c'est l'équilibre du monde qui est menacé. Instinctivement, elle s'accroche à la table, elle aussi. Elle s'accroche avec et pour lui.

« Ça ne va pas, Pierre ? »

Il fait un signe de la tête. C'est un non qui veut dire si. C'est un si qui veut dire non, un oui-non désemparé mais qui cherche à rassurer quand même car les secondes qui passent n'en finissent pas. Les yeux de Jeanne soutiennent le mieux qu'ils peuvent ce grand corps animal que le langage humain ne secourt plus. Ah ! ces yeux, elle en connaît très bien la force et trop bien les limites ! Combien de mois, d'années, les a-t-elle fait agir pour repousser la cruelle Rivale, la noire et fatale Rivale ! Non, ça ne peut pas être... juste un malaise, juste le haricot de mouton !

Suffit-il de le souhaiter ? Voilà Pierre qui se redresse, voilà Pierre tout sourire.

Tout sourire ? Hilare, oui. Pierre a tout à fait l'hilarité de quelqu'un qui viendrait de jouer un bon tour à un petit camarade.

C'est à Jeanne de se laisser choir dans le fauteuil.

« Eh bien, vous en faites une tête, ma bonne amie ! »

Jeanne ne se fera jamais au toupet de cet homme.

« Vous m'avez fait peur, Pierre...

— Encore !... Bon, alors, ce tour à bicyclette, c'est pour aujourd'hui ou pour demain ? »

Il en rajoute un peu, bien sûr. Il fait le faraud, le brave, mais ça l'arrange, Jeanne, d'y croire à sa bravoure, de le penser invincible. Hercule, géant il est, Hercule, géant il doit demeurer. A tout prix il le doit. C'est pour cette raison qu'elle verra sans les voir, tandis qu'il la précède dans la remise, les chevilles gonflées d'œdème, l'enflure particulière qui signale en rouge l'alarme du corps...

Pierre sort la bicyclette. C'est un vélo de femme, tout bête comme elle les aime, un vélo de ferme.

« Vous savez gonfler les pneus ?

— Evidemment. »

Ils se sourient en même temps : elle a déjà dit « évidemment » avec ce ton là...

« Voulez-vous que je vous monte le vélo sur la route ?

— Non merci, Pierre, j'y arriverai seule. »

Jeanne engage la bicyclette sur la passerelle en la tenant par le guidon et la selle. Elle sent que Pierre la suit des yeux. Pensent-ils à la même chose ? — que Jeanne reprend la passerelle pour la première fois dans l'autre sens et qu'elle la traverse seule ? — Elle, du moins, y pense. Elle grimpe le vélo en haut du talus en peinant ; elle est sur la route, à côté de sa voiture garée là depuis le début et qui n'a pas bougé, finalement.

Elle se retourne. Pierre est immobile. Elle est un peu trop éloignée pour lire l'expression du visage mais il émane de cette immobilité, de cette tension vers elle quelque chose d'extraordinairement affectueux pour ne pas dire tendre, comme si Pierre mesurait et la valeur de cet événement et son danger sur cette route étroite, passante, cette route qui surtout la coupe du moulin.

« Faites attention à vous ! lui crie-t-il.

— Mais oui ! Ne vous inquiétez pas ! »

La force de leurs deux voix, nécessaire à cette

distance, ajoute au cérémonial, les mots s'amplifiant sur chaque latte de bois de cette passerelle qui seule les maintient reliés encore l'un à l'autre.

Jeanne lui fait un geste d'au revoir. Elle voudrait qu'il rentre, qu'il cesse de la surveiller, de la couver. Elle enfourche le vélo, s'apprête à donner le premier coup de pédale, à rompre ce lien, se ravise :

« Pierre ? »

— Oui ?

— Vous allez bien, n'est-ce pas ? »

Il ne répond pas mais lève ses deux bras au ciel comme pour dire à la fois « bien sûr » et « peu importe ».

Jeanne hésite une demi-seconde et la voilà partie. En quelques tours de roues, le moulin a disparu derrière les arbres.

Elle pourrait avoir peur de l'avoir si vite perdue cette maison si difficilement apprivoisée. Et pourtant : non. En un instant, recommandations, passerelle et autres symboles sont oubliés. Jeanne est toute aux retrouvailles avec son propre corps. Spontanément, en même temps que l'énergie en prend possession, elle en fait l'inventaire. Elle détache le mollet, le genou, la cuisse, les sent qui appuient, fléchissent, se tendent. Elle calcule l'inclinaison du bassin, le balancement des hanches sur la selle encore rétive, l'arc-boutement des épaules et l'arrondi des bras sur le guidon, puis le corps ainsi morcelé se reconstitue, se rassemble en une seule pulsion, celle de l'effort unifié, confiant. En quelques tours de roues, Jeanne libère son corps de la tutelle de l'âme pour l'offrir tout entier à la mécanique des os, des muscles bien décidés à manger le macadam, à avaler les distances. Elle ne s'inquiète ni de sa destination ni du paysage, elle plie son corps à la volonté de la vitesse, à l'exigence de la concentration. Jeanne n'est plus qu'un corps sur un vélo, une puissance en mouvement, ligaments tendus, nerfs contractés, avec, pour couronner le tout, en plein cœur de la machine, un sang qui bout, un sang qui se déchaîne en battements glorieux.

Elle va ainsi parcourir les sept kilomètres qui la séparent du village, grisée par l'emballement de son corps et le fanatisme consentant de sa tête où tout a pris la forme et la couleur longue et grise d'une route, ce village qu'elle s'est obstinée à ne pas vouloir connaître mais qu'elle connaît pourtant grâce aux récits de Pierre.

A bout de jambes, à bout de cœur, elle arrête sa course au banc d'une place qui doit être la grand-place. Contre ce banc elle pose sa bicyclette et l'épuisement indescriptible de son corps trempé d'ardeur, courbé en deux d'essoufflement.

Les jambes tremblantes, les doigts encore crispés d'avoir si fort tenu devant elle, comme seul étendard, ce guidon, ce guide à son enthousiasme opiniâtre, elle s'affale. La tête dans les mains, elle écoute la plainte heureuse du corps. Des mois, des mois qu'elle n'a entendu gémir son corps par lui-même, pour lui-même. Des mois qu'elle ne l'a vu se plaindre librement ! Aujourd'hui ce corps la venge d'une âme qui souffre sans bonheur, qui souffre passivement. Pour une fois cette dernière recule, s'efface devant la souveraineté de la machine. Il n'y a pas de place pour deux souffrances aussi tyranniques.

Fallait-il qu'elle l'ait exaspéré ce corps qu'elle le retrouve enfin sur le banc d'un village en pleine France, qu'elle boive sur ses lèvres le goût salé de l'excès si différent des larmes, qu'elle entende à nouveau la débauche du cœur !

Longtemps elle va en jouir jusqu'au calme complet, jusqu'au refroidissement de la machine.

Ce n'est qu'en relevant enfin la tête qu'elle se rendra compte qu'elle est observée :

Sur la place, en face du banc, à quelques mètres à peine, derrière une devanture un peu désuète marquée « Epicerie-Bar », une vieille dame, le front appuyé au carreau, la contemple pensivement.

Pierre a tiré la barque sur l'herbe pour écoper. Chaque été il râle de la même manière car chaque été il oublie de la retourner en partant et la retrouve régulièrement à moitié remplie d'une eau de pluie pourrissante pour le bois qui l'oblige à un véritable lessivage de marin. Mais le moulin sans la barque ne serait plus le moulin... Chaque été aussi il peine davantage à cette tâche, en incriminant d'habitude la météorologie plutôt que sa vigueur déclinante. D'habitude, oui, mais pas cette fois. Aujourd'hui l'absence de vigueur est suffisamment éloquente et l'esquive inutile : Pierre est fatigué. Fatigué de lessiver, fatigué de tout, peut-être. Ce bateau dont le bois se ronge et s'écaille lui ressemble singulièrement. Ce bateau a vécu. La voilà bien la vieillesse : employer de plus en plus souvent le passé composé, réduire la forme du futur en ne l'évoquant qu'avec mille précautions superstitieuses, si du moins on l'évoque encore !...

Le bateau « a vécu » ne signifie pas qu'il ne vivra pas, mais jusqu'à quand ? Quand le bois rongé se fendra-t-il ? Est-ce la rivière qui décidera de l'immerger ?

Pierre qui a toujours évité les questions, en y répondant à l'avance, est bien empêtré d'avoir soudain à les poser. S'il les pose, c'est bien qu'il n'a pas de réponse. Ce n'est pas de son ressort finalement de prévoir les limites du bois ou celles d'un cœur d'homme. Par moments il a même l'impression que cela ne le regarde pas... Que le bois se fende ne lui fait pas peur, seule l'inquiète l'idée qu'on pourrait le tromper sur les risques qu'il aurait de se fendre maintenant plutôt qu'après. Cet été — parce que cet été il voudrait bien mettre un coussin au fond de la barque et une certaine dame sur le coussin — l'état du bois le préoccupe. Il ne peut pas se permettre de noyer la dame, pas même de mouiller le coin de sa robe... De même qu'il n'aurait peut-être pas dû d'ailleurs se permettre de fléchir en sa présence. Pierre éprouve encore dans sa main, celle qui s'agrippait à la table, tout le poids de la défaillance retenue de justesse et sur son visage le poids du regard de Jeanne qui hésitait entre la protection et le reproche. Il ne faut plus, plus jamais... Et pourtant qui d'autre pourrait, sinon elle, l'entendre ? Qui d'autre, sinon elle, comprendre de quelle peur solitaire il souffre pour la première fois de sa trop longue vie de jeune homme dont il craint de payer maintenant le prix ?

Pierre, péniblement, remet la barque à l'eau. Celui-ci flotte, parfaitement étanche. « Demain, demain j'emmènerai Jeanne jusqu'à l'île. » Eh bien, si ce n'est pas du futur ça, qu'est-ce que c'est ?

Ils sont devant le feu depuis des heures. Quand les flammes font mine de s'assagir, Pierre y jette de pleines brassées de bois. A plusieurs reprises, Jeanne a dû reculer son fauteuil d'osier menacé de s'embraser lui aussi dans le feu crépitant qui lance des éclairs de pourpre sur le fond noirci de la hotte.

De même avec les soupes qu'il prépare pour des régiments, les remarques qu'il assène à coups de massue, il ne se contenterait pas d'un feu normal : non, c'est une flambée d'enfer ou rien d'autre, à consumer des forêts entières ! Ce goût du grand, du trop, cette hypertrophie en tout font partie d'un ensemble qui va avec la nudité (elle ne s'est toujours pas décidée à lui en parler) et la sauvage liberté qui est en lui. Face à cet excès de nature, Jeanne s'est d'abord inutilement épuisée, épuisée physiquement, suggérant sans succès une modération à laquelle il ne parvenait jamais, même avec la meilleure volonté, puis elle a fini par s'habituer. Après quelques jours, elle s'est faite à la surabondance et ce soir, fascinée par la hauteur des flammes, elle est bien obligée d'admettre que cela a du bon, et même du beau, et puis, honnêtement, une certaine efficacité aussi, pour ne pas dire une efficacité certaine sur son mal dont le risque demeure toujours la mélancolie. Quand il est là, Pierre laisse à celle-ci peu de chance de s'installer. Il la traque à tous les coins de la pensée. On dirait parfois qu'il la guette chez Jeanne dans la rêverie de l'œil ou la longueur d'un silence pour mieux l'écraser d'un bon coup de quelque chose. L'outrance de Pierre, imparable, finit par ressembler pour Jeanne à une occupation, au sens militaire, rendant impossible toute divagation personnelle. Son outrance est un théâtre à elle seule, un numéro unique devant lequel il n'y a plus qu'à s'asseoir pour admirer. Pierre est un spectacle permanent avec un cadeau au bout : celui de l'oubli. Quand Jeanne regarde vivre Pierre, il lui arrive de s'oublier elle-même. Cet homme est une drogue, un philtre de démesure où tout vient se perdre, s'engloutir.

Ce soir comme d'autres soirs, Jeanne se laisse faire. Elle se laisse prendre, littéralement assommée, les genoux, le visage, toute sa peau brûlés, anesthésiés par la force des flammes. Elle se laisse aller à ne plus penser, à disparaître elle-même dans ce qu'elle voit : cette grande chose d'homme-vulcain, à la tignasse en désordre, aux jambes rougies, portant en offrande au feu ses testicules tranquilles, généreux et gavant l'âtre avec passion, la même passion qu'il met partout, pour manger, pour parler, comme pour un ultime repas, une ultime conversation, comme s'il fallait pour être en vie se démultiplier sans cesse, pousser la vie jusqu'à l'extrême, jusqu'à la déraison.

La déraison de Pierre rend Jeanne à la raison.

Pierre se rassoit et reprend sa lecture. La lecture aussi est un spectacle, car même silencieuse elle est extrêmement présente à la manière emphatique qu'il a de tourner les pages et de les commenter par une quantité étonnante de bruits, comme si son corps entier était impliqué dans cette tâche décisive. Parfois il explose carrément : « Ecoutez donc cela, ma bonne amie ! » et il se lance dans une lecture à haute voix, qui peut durer très longtemps, sans s'inquiéter de l'intérêt ou de la lassitude de Jeanne, l'important étant pour lui de libérer le texte des limites du livre, d'en faire un être vivant, sensuel, le compagnon d'un soir convié à partager la chaleur d'un feu de bois et l'intimité d'un tête-à-tête. Quand Pierre se tait enfin, par exemple pour demander à Jeanne son avis, c'est encore d'une façon exagérée car il met dans son attente une gravité extrême qui donne à toute réponse possible une dimension solennelle et Jeanne doit réfléchir à ce qu'elle va dire comme si elle s'engageait pour l'éternité.

Ils sont donc devant le feu depuis des heures et pourtant, bien que largement entamée, la nuit ne leur demande aucune réparation, elle ne réclame aucun sommeil.

Jeanne elle aussi a pris un livre qu'elle n'ouvre pas. Elle préfère le spectacle permanent qui cette nuit, elle ne saurait dire pourquoi, a quelque chose d'un peu différent. Malgré l'embrasement de la cheminée, la lecture et les questions enthousiastes de Pierre, elle sent chez lui comme une retenue. Elle l'a surpris plus d'une fois, entre deux pages, les yeux fixés sur le feu moins par volupté que par questionnement, tandis que sa bouche se plissait d'une sorte d'amertume. Plus d'une fois, elle l'a vu sur le point de parler et se raviser aussitôt. C'est évident, il y a de l'inquiétude chez Pierre, une inquiétude qui telle une poudre invisible jette sur ce corps puissant, plein d'un élan plus puissant encore, une fragilité poussiéreuse sur laquelle il suffirait de souffler peut-être pour la faire s'envoler. Ce souffle doit-il venir d'elle ? Elle l'ignore, mais elle éprouve la sensation insolite, elle si chétive, si peu stable, d'être bien plus forte en cet instant que ce monument d'homme assis auprès d'elle et qui balance. Attend-il qu'elle lui parle ?

« Pierre, vous savez, je crois avoir vu votre épicière au village.

— Ah oui ! Cette chère Mme Trobel !... Vous lui avez parlé ? »

Curieusement, la question de Pierre aussi dénote l'inquiétude.

« Non. On s'est regardé simplement... C'est drôle, j'ai eu l'impression qu'elle me connaissait... Elle m'a souri. »

Pierre ne répond pas. Il a l'air d'un enfant pris en faute, non d'un homme pris en faute.

« Vous lui avez dit quelque chose... à propos de moi ? »

De nouveau, le silence. Décidément, Pierre ne se ressemble pas. Jeanne sent un doute muet écarteler ce silence. Elle voudrait aider, sans bien savoir comment, mettre du sourire et en barbouiller ce visage chagrin. Alors elle reprend :

« Vous avez bien fait, Pierre. Elle a l'air si bonne, l'épicière, aussi bonne que son saucisson ! »

Pierre s'est levé. Il s'approche de Jeanne, l'attire à lui.

Jeanne est embarrassée de son corps. Elle ne sait pas où mettre ni son visage ni ses bras qui demeurent ballants. Apparemment Pierre décide à sa place. Il prend l'un après l'autre les bras de Jeanne qu'il pose sur ses deux épaules à lui, puis emprisonne le menton prêt à fuir.

Jeanne sent sur ses lèvres les lèvres de Pierre. Cette fois, c'est bien le baiser d'un homme pour une femme, mais ce baiser ne durera pas parce que ni lui, l'homme, ni elle, la femme, ne sont capables d'en faire autre chose que deux bouches qui se disent merci, deux bouches qui scellent une maladroite affection. Ils s'écartent ensemble ayant conscience ensemble des limites de leur embrassement et tous deux restent debout à regarder le feu, ce feu qui remplace probablement celui que l'un et l'autre ont perdu, ou égaré, le temps d'un baiser venu de trop loin pour chacun.

« Jeanne ?

— Oui ?

— Je me demande si ce n'est pas d'abord à moi que j'ai pensé plutôt qu'à vous en vous invitant au moulin.

— Aux deux, je crois... Vous avez songé aux deux... »

La réponse semble le soulager. Il rejette ses cheveux

en arrière comme pour chasser une autre mauvaise pensée.

« Jeanne ?

— Oui ?

— Vous croyez que je suis amoureux de vous ? »

La question lui arrive en plein cœur. Elle la suffoque moins pour son contenu que parce qu'elle lui parvient en pleine étrangeté. En même temps que la question (qui attend sa réponse) Jeanne, une fois encore, évalue les dégâts : à aucun moment de cette intimité prolongée avec cet homme l'idée ne l'a effleurée qu'il puisse ou non être amoureux. Qui donc est-elle devenue que cette élémentaire hypothèse lui ait échappé ? A-t-elle à ce point cessé d'être femme que cette coquetterie fondamentale lui soit elle aussi interdite ? Tout est-il donc détruit en elle jusqu'aux plus profondes racines de la séduction ? ... A nouveau les larmes montent, des larmes à verser maintenant sur sa mort à elle, l'oubliée de la vie, l'oubliée du désir.

Pierre qui se méprend sans doute sur la raison de cette émotion bredouille :

« Pardon, ma bonne amie. Vous voyez bien que je suis un con ! »

Elle pleure de plus belle. Lui, désemparé, lance dans le feu des troncs d'arbres entiers. Sa rage contre lui-même ajoute des flammes aux flammes. Elle voudrait l'arrêter, arrêter l'avalanche du bois, arrêter la fureur inutile qui bientôt fait venir la sienne. La voilà qui explose :

« Arrêtez ! Arrêtez donc, espèce de fou ! »

Il s'immobilise. C'est la première fois qu'il la voit en colère.

Quant à Jeanne, cette colère elle va la vivre intensément, de bout en bout, bien la faire sienne car elle en a besoin, infiniment besoin. La colère n'est dirigée ni contre Pierre ni contre elle-même : elle est sans cible. C'est une exaspération absolue qui se suffit à elle-même, l'essence du courroux où viennent se cristalliser toutes les rages du monde qui n'ont pu s'exprimer. Jeanne allégorise à elle seule l'indignation humaine qui bientôt ne sait plus où donner de la tête, qui bientôt finit par ignorer pourquoi elle en est arrivée là, pour quel lointain motif. Sa colère se vide de sa cause. Elle continue d'être entraînée par son simple mouvement en oubliant les raisons. Maintenant, Jeanne hurle pour hurler. Sa voix déchire l'air, le feu, la pierre. Plus suraiguë que l'aboiement étiré d'angoisse devant l'ombre grandissante du soir, la voix de Jeanne arrache leur âme aux choses.

Jeanne hurle à la vie.

Pierre et le moulin font le gros dos. Ils attendent, prudents, discrets, que colère se passe, car colère passera, colère retombera quand toute la révolte se sera déversée, tarie. Il suffit de lui permettre de s'écouler librement jusqu'à la dernière goutte. Jeanne laisse filer sa rage mécaniquement, la bouche grande ouverte, le corps bien campé, debout devant le feu à moitié étouffé de bois. Elle crie de la même façon qu'elle a pédalé, mesurant l'effort, canalisant l'énergie. Jeanne hurle hygiéniquement, pour se faire du bien, pendant des kilomètres, la distance nécessaire, la distance salutaire. Quand elle s'arrêtera, posant sa voix comme elle posa le vélo contre le banc du village, elle retrouvera cette sensation heureuse de la machine satisfaite, la pesanteur légère du corps exalté et elle reprendra sa place de tout à l'heure, sur le fauteuil d'osier, pacifiée.

« Ça va mieux ? »

Dans la question de Pierre, point d'ironie, point d'inquiétude : c'est une question constat, presque un postulat, sans affection, sans pathos, comme lui seul sait le faire avec elle.

« Oui, beaucoup mieux !

— Un petit verre de vin ?

— Et comment ! »

Pierre revient de la cuisine avec sa cuvée spéciale, de celles qu'il garde, dit-il, pour les grandes occasions. Le feu lui aussi recommence à respirer. Tout s'apaise. Le vin est chaud, riche et se déguste en grand silence.

Sourire du premier verre. Rire du deuxième. Fou rire du troisième. On se sent plutôt bien au cœur du moulin, au cœur de la nuit.

Jeanne laisse son corps fatigué, courbatu, s'engourdir dans la double chaleur du breuvage et du feu. Les pensées elles aussi sont bientôt baignées de tièdes vapeurs.

Pierre a allongé ses jambes nues sur les fagots dans un geste d'abandon touchant. Ces jambes qui ont traversé les pays, couru chance et malchance sans ni calculer ni ménager leurs forces, ces jambes qui, comme certains arbres dont l'écorce se boursoufle et se noue à force d'être exposée aux ans, sont devenues presque rustaudes d'avoir peut-être trop pris et trop donné, ces jambes ne peuvent se défaire d'un je-ne-sais-quoi de naïveté, d'innocence, qui donnerait à n'importe quelle mère l'envie irrépressible de les cajoler, une mère qui, ainsi que Jeanne, se refuserait à prendre pour une menace les traces pourtant visibles de l'usure déjà parvenue à l'extrême limite du danger.

Pierre a vu le regard insistant de Jeanne sur lui. Il avale une grande rasade de vin : le verre du condamné, du condamné à parler ?

« J'ai peur, Jeanne... »

Il a dit cela d'une façon qu'elle n'oubliera jamais, elle en est sûre. Comment dire aussi simplement une phrase réduite à sa stricte substance et qui contient pourtant toutes les nuances du cœur ? Quel comédien, le plus génial soit-il, pourrait en rendre la plénitude ? Cette peur ainsi exprimée habite chaque syllabe, chaque inflexion de la voix au point de faire se confondre le fond, la forme, le contenant, le contenu. La phrase qui dit la peur est nourrie de cette peur. Les mots qui sortent de cette bouche en ont la consistance, la couleur et probablement le goût. Cette phrase de peur *est* la peur elle-même parce qu'elle la restitue dans son exacte vérité, avec le dépouillement de la conviction. Il dit « j'ai peur » comme il dirait « j'ai soif » ou « j'ai faim », poussé par l'évidence organique. Il le dit ainsi parce qu'il l'éprouve sans qu'il soit nécessaire de le prouver.

A un tel aveu il n'est pas possible de se soustraire. On doit tenir bon, à la loyale. C'est la règle du jeu, la règle du genre. S'étonner de cette peur serait déjà une fuite, une manière de contourner l'aveu, c'est pourquoi, même si elle le ressent cet étonnement, elle le met de côté, pour une autre fois, peut-être une autre conversation moins pressante que maintenant.

« De quoi avez-vous peur ? »

La réponse va chevaucher légèrement la demande de Jeanne, comme s'il l'avait lui-même déjà formulée afin d'avancer les choses, pour en finir rapidement.

« Je crois bien que je suis foutu, au bout du rouleau quoi ! »

Pas de pathos là non plus : la déclaration se suffit à elle-même. Elle a son poids d'éloquence.

Il faut faire vite, Jeanne, sans se tromper : devenir l'autre pour savoir promptement qu'elle réplique il espère, et la lui donner ! Ne surtout pas se projeter soi, devenir Pierre et seulement Pierre, cet homme qui ne concède rien, ni au malheur ni à l'âge, mais que l'âge et le malheur pourraient bien trahir par pure vengeance, par pur défi, être Pierre, donc, face au jugement d'une femme bien plus jeune qui peut-être le trouble, que l'âge ne menace pas encore mais que le malheur, en revanche, a déjà désignée.

Il faut faire vite, oui, seulement elle ne la trouve pas Jeanne, la bonne réplique. Elle la cherche en vain. Pierre l'a surestimée. Il ne lui reste plus que la franchise, le lieu commun de la franchise :

« Je ne sais pas quoi vous dire, Pierre... »

Tout cela s'est passé sans un regard, le feu seul servant de relais, de lieu de convergence.

Pierre a un petit gloussement indéfinissable, entre la moquerie et la tristesse, qui oblige Jeanne à se tourner vers lui. Mais ce n'est pas d'elle qu'il se moque : il y a trop d'attendrissement, trop d'attente émue dans ses yeux. Elle lui sourit, pas seulement avec sa bouche, elle lui sourit avec tout ce qui peut sourire en elle.

« Vous voulez que je vous aide à me dire quelque chose ? Je vous fais la courte échelle ?

— Oui...

— Eh bien, dans ces cas-là, voyez-vous, on dit sans hésiter : " Allons donc, Pierre ! Je vous trouve superbe ! C'est juste un moment de fatigue ! Vous, une force de la nature ! Vous verrez que vous nous enterrerez tous ! ". Voilà ce qu'on dit. Alors, à vous maintenant, allez-y ! »

Et Jeanne va répéter mot après mot, en y mettant le ton, la phrase modèle de Pierre jusqu'à ce qu'ils éclatent de rire, pour la seconde fois cette nuit, de ce rire particulier, un peu outré, qui seul peut à grandes aiguillées recoudre grossièrement les déchirures de l'âme, un bâti très provisoire, certes, mais suffisant pour éviter que d'autres accrocs s'ouvrent à proximité, creusant une entaille si profonde qu'il n'y aurait plus qu'à s'y laisser tomber.

Les derniers verres de Cahors auront la saveur de ce rire et salueront l'ébauche de l'aube contre les vitres déjà désertées par les papillons de nuit. On laissera le feu s'endormir, puis les membres, puis le cou, puis la tête, comme dans la comptine : alouette, alouette, ah !...

Pierre accompagne Jeanne à sa chambre (il n'y était pas retourné depuis l'arrivée au moulin) et lui ouvre la porte. Le temps de monter les deux étages le jour a léché le noir du ciel d'un grand coup de langue. Une longue traînée de blanc traverse le cadre encore sombre de la fenêtre.

« Elle est jolie cette chambre avec vous dedans. »

Jolie ? Cette chambre est jolie ? C'est bien le dernier mot auquel elle aurait pensé.

« Bonne nuit, Jeanne...

— Bonne nuit, Pierre...

Il s'éloigne, un peu trop lourdement, un peu trop écrasé.

« Pierre !

— Oui ?

— Je vous trouve superbe, Pierre !

— Merci, Jeanne. » Ce « merci » il le chuchote. On dirait qu'il se l'adresse à lui-même, pour le méditer ou dormir dessus. Debout dans l'entrebâillement de la porte, elle va suivre son pas jusqu'en bas de l'escalier, un pas qui croit si peu en lui-même qu'elle voudrait le rappeler. Mais elle referme la porte. L'absent est là qui l'attend, ses bras tendus vers elle, tendres de suie.

Jamais marches n'auront autant craqué qu'en cette fin de nuit indécise. Au poids déjà considérable de l'homme s'ajoute celui de son regret. De tout son squelette le moulin entier proteste énergiquement devant ce gâchis : a-t-on idée d'amener une femme à vous dire que vous êtes « superbe » avec cette voix-là, toute pleine d'épanchement pudiquement retenu, de sincérité attendrie, sans le lui prouver sur-le-champ ?

Lui prouver. Mais comment ? Avec quoi ? Avec cette timide poussée de convoitise que ses deux cuisses un peu grasses semblent retenir en arrière pour lui éviter le ridicule d'une possible impuissance ? Un peu insuffisant, mon vieux Pierre... Bon, n'en parlons plus, c'est aussi bien ainsi : l'honneur est sauf. Allons plutôt saluer le jour, superbe lui aussi et qui n'a rien à prouver de sa gloire absolue, quotidienne...

Pierre s'adosse à la rembarde. Il regarde grandir sur l'ombre offerte de la nuit le désir d'être du jour, érigé, prodigue. Il regarde monter en arcs, jusqu'à la voûte obscure de l'horizon, les lentes éjaculations de lumière blanche qui, seconde après seconde, féconderont le matin. C'est l'heure préférée de Pierre, celle où cet incrédule esprit pourrait croire en quelque chose, l'heure où éclatent à la surface glauque de l'eau, les mille et une bulles éructées par toutes les bouches invisibles et obscènes qui grouillent autour du moulin.

Au moment où les hommes dorment, cette intense activité de la nature a quelque chose d'envoûtant. Il faut s'y associer pour en recevoir la magie, s'y fondre avec modestie sans plus de prétention que l'ablette venant aspirer sa goulée d'air ou gober son petit moucheron du matin en rotant de plaisir.

Malgré la fraîcheur de l'air, Pierre transpire. Il a du mal à se voir en ablette. C'est qu'aujourd'hui — puisque aujourd'hui est en train de naître sous ses yeux — il n'a pas envie d'être modeste, pas du tout. Aujourd'hui, la certaine personne, qui ressemble maintenant terriblement à une femme, lui a déclaré, le plus librement du monde, qu'il était « superbe ». Oh ! Elle y a mis peut-être un peu de gentillesse, mais enfin, elle l'a dit. Oh ! Il n'en a rien fait de ce mot un peu trop difficile à croire tout à fait, mais enfin il l'a entendu ! Elle le lui a donné, il lui appartient. Il pourra le poser sur la table de nuit de sa chambre, à côté des *Confessions*, ou sur le rebord de son cœur incertain : c'est à lui, bien à lui. Et plus il le contemple ce mot, plus il le tourne et le retourne, plus il en sent la chaleur. Ce mot devient un soleil au zénith, un feu ardent et doux à la fois qui met son âme au bain-marie.

Progressivement, le poids du regret, qui fit craquer

les marches, s'allège. Il s'évapore. Pierre le voit bientôt s'échapper de son corps et s'élever au-dessus de sa tête tel une mongolfière qui monte rejoindre les bacchanales du ciel.

Pierre avance lentement sur la passerelle. A chacun de ses pas, la blancheur de l'aube s'accentue et révèle un peu plus de la forme des choses, comme si c'étaient eux qui en dirigeaient le mécanisme, comme si en marchant Pierre orchestrait à lui seul la venue au monde du jour.

Pierre est heureux. Voilà. Qu'on se le dise là-haut, là où la nuit et le jour se font l'amour ! Heureux au point de descendre entre les rosiers, d'y jeter sa chemise, au point de s'enfoncer dans la rivière et de la réchauffer même de son corps si brûlant, incandescent de joie.

Pierre nage. Il nage dans le bonheur.

Lui aussi fait des bulles à la surface de l'eau en crachotant les minuscules vaguelettes au goût de vase. Lorsque Pierre s'étale sur le dos, le moulin incline son grand corps sur le nageur sans doute pour vérifier qu'il est bien vivant. Un peu de rose vient colorer maintenant les déchirures blanches du ciel. Les épousailles sont consommées. Bientôt le jour satisfait et vainqueur quittera la nuit sur sa couche de plus en plus réduite

Pierre, de son côté, se donne à l'eau. Il lui offre la radieuse chaleur de son corps, le poids allégé de ses pensées, mais aussi, surtout, la bouche émouvante d'une femme qui prononce un mot magique : « superbe », et ce mot bourlingue sur sa peau en ondes volcaniques...

Et quand il s'enroulera encore humide dans sa couverture de chameau, que le sommeil, impatient de l'avoir attendu toute la nuit, s'emparera promptement de lui, Pierre n'aura pas même le temps de constater que toutes les preuves possibles sont là et bien là. Il ne saura pas qu'il s'endort en adressant à Jeanne, couchée au-dessus de lui, la courbe magnifique — elle aurait dit superbe — de son désir d'homme.

Il est des désirs qui traversent les océans, d'autres l'épaisseur des siècles. Celui de Pierre se contentera des deux étages d'un vieux moulin.

Jeanne, qui s'est assoupie d'un coup sur les draps autant humides de la rivière que de ses pleurs répétés, pelotonnée contre la forme absente qui épouse chaque parcelle de sa chair, Jeanne se réveille brutalement comme si quelque chose l'avait cognée.

A la très pâle lueur du jour, elle comprend qu'elle a peu sommeillé, qu'elle doit se rendormir. Pourtant les yeux grands ouverts, elle écoute la nuit qui se retire sur le mur incliné de la chambre, elle l'écoute qui cède silencieusement au jour.

Pierre dort-il ? Pierre ! Pourquoi s'inquiète-t-elle de Pierre ? Se pourrait-il que cette chambre interdite puisse faire place à une moindre pensée pour Pierre ? Il faut croire que oui.

La densité de la nuit, avec ses rages, ses rires, ses aveux surtout, assez effrayants et cependant presque surréalistes par le peu d'écho qu'ils ont trouvé en elle, lui revient sans les vapeurs du vin, dans la froide lucidité du recul.

Pierre menacé dans sa vie ? — C'est grave, très grave. Pierre épris d'elle ? — C'est grave, bien plus grave encore. L'homme qui ne lui était rien et qui soudain prend corps doublement, l'homme qui devait la porter pèse maintenant de tout son poids, de mortel et d'amoureux. Les épaules de Jeanne, fragiles, cassantes comme le givre qui se reforme sur elle à chaque fois que l'haleine de l'absent souffle en bise de toute la glaciale tendresse de l'au-delà, ces épaules pourront-elles supporter ce poids ? Le printemps seul le sait qui survit à l'hiver et bourgeonne sous le gel.

Pourtant, Jeanne, souviens-toi ! Qui d'autre que Pierre a fait fondre le givre ? Qui d'autre t'a réchauffée par une couverture encore chaude de lui ou les flammes d'une cheminée nourrie de son inépuisable ardeur ?

Et Jeanne pense à Pierre dans sa chambre mansardée qu'il a trouvée « jolie », « jolie avec elle dedans ».

Elle se lève et va vers le miroir. « Jolie », Jeanne l'est-elle aussi dans la chambre « jolie » ? Elle se penche vers son image, la contemple longuement. Elle cherche derrière le malheur des yeux un peu de cette joliesse. Et elle va la trouver, au fin fond du regard, derrière l'hiver.

C'est peu de chose, à peine un renflement d'où sort un léger duvet vert, mais enfin c'est une brillance, une petite lumière en marge de l'œil, qu'elle-même ne pouvait voir mais que Pierre avait vue, un reflet infime mais assez réel pour donner à un homme qui ne vous est rien l'idée d'être amoureux, même un peu, même sous la forme d'une question.

Epaisse, lourde, une larme roule sur la joue de Jeanne. Cette larme, elle ne la reconnaît pas. Ce n'est pas celle du matin, ni celle de la mauvaise heure, c'est une larme inédite qui charrie à elle seule toute la charge des contradictions, toute l'hésitation entre la mort et la vie, une larme où confluent le désespoir et la reconnaissance. Jeanne, immobile, la regarde qui descend en cahotant légèrement sur le grain de la peau. Elle arrive au menton, oscille, puis c'est le grand saut dans le vide : la larme claque sur le plancher où elle va disparaître aussitôt, bue, absorbée par le bois, avidement. La larme nouvelle de Jeanne s'est perdue dans le grand corps du moulin.

L'amoncellement des coussins multicolores donne à la vieille barque un air de jeunesse et de fête. Pierre tend le bras à Jeanne qui saute en plein milieu, ses sandales à la main.

Elle a mis une robe qu'il ne lui connaît pas : sable, avec des impressions vertes de la couleur de la rivière. Il la complimente.

« Oh ! C'est un vieux truc ! » commente-t-elle.

Une réponse de femme, se dit Pierre, l'esprit en fête comme la barque, en poussant de toutes ses forces sur la rame qui les éloigne du bord. Une réponse qu'elle n'aurait pas eue à son arrivée au moulin, quand chaque mot, chaque geste semblaient un effort d'écorchée, impossibles à arracher sans arracher avec eux toute la peau à vif de l'être. Les jours passant, mots et gestes commencent à retrouver une consistance normale. Le corps les libère presque naturellement.

« Vous devriez rester plus longtemps, Jeanne. »

Il a dit cela spontanément, plus en réponse à ses propres pensées que par intention, mais Jeanne s'est raidie. Un voile est passé sur ses yeux.

Doucement, Pierre, doucement, tu vas trop vite. N'oublie pas que tu es une brute...

La brute s'assoit sur la planche de bois, face à Jeanne, arrime les rames, roule les revers de son pantalon de toile. Il voudrait que Jeanne se laisse aller. Il voudrait être celui qui l'emmène, l'emmène au loin. Il la regarde. Elle comprend : s'allonge dans l'épaisseur molle des coussins, se détend, déplisse le front.

Pierre laisse la barque choisir son chemin dans le courant léger qui l'attire. Il lui prête l'énergie de ses deux bras qui scandent la vitesse, sûrement, régulièrement. Il aime ramer. Quand ses épaules tirent l'eau, la hâlent vers lui, il a l'impression de soulever la rivière comme une pâte à crêpes. Et puis il y a le bruit conjugué des pelles qui claquent la surface raide de l'eau et le frottement doux, plaintif, du manche sur le rebord de bois. Puis l'odeur. Il y a l'odeur, la même qui imprègne les livres, le linge du moulin, la même qui pénètre les dalles, les poutres et qui finit par déposer sur la peau un léger parfum de moisi où l'âme peut venir renifler le temps, les siècles.

« Ça sent bougrement bon, vous ne trouvez pas ? »

Jeanne répond « oui », puis elle se penche et fait ce que font tous les enfants et les jeunes filles et toutes les femmes qu'on promène en bateau : elle laisse glisser sa main dans le courant pour voir l'eau gicler en éclaboussant son poignet et son bras de jets irisés de lumière.

Ainsi penchée, Jeanne dévoile une hanche que Pierre avait crue jusqu'ici absente dans ce corps neutralisé, réduit aux fonctions élémentaires de la station assise ou debout. La hanche sable et verte, bien dessinée à présent, a la grâce féminine d'une convalescente, d'une rescapée. Son harmonie, avec la rivière sur laquelle elle repose, donnerait à Pierre l'envie de la prendre elle aussi dans le mouvement des rames, de la brasser avec l'eau avant d'y mettre le visage et d'y humer l'arôme de vase mêlé à celui du coton frais de la robe qui garde encore les plis de la valise.

« Où m'emmenez-vous ?

— Dans l'île.

— L'île ?

— Oui. Enfin, j'appelle ainsi un bout de terre bizarre qui émerge au milieu de la rivière. On pourra tout juste y tenir tous les deux, vous verrez. »

Jeanne se sent « emmenée ». C'est bien. Il y a de la douceur à porter une femme, il y a de l'émotion à l'emporter en amazone sur le cadre d'un vélo, ou même sur son dos, à sentir peser sur soi toute la lourdeur de son abandon, de sa confiance.

Pierre pense à la petite Touareg, l'enfant-épouse du désert qu'il a portée ainsi jusqu'à la tente nuptiale. Il a encore, serrées autour du cou, les deux menottes noires de crasse et de henné, des mains adorables et adorées qui s'accrochèrent plus encore quand il voulut la quitter. A elle aussi il avait parlé du moulin, de la rivière, en dessinant sur le sable brûlant le tracé d'une eau qu'elle ne verrait jamais et dont la désaltérante verdeur était inconcevable sauf lorsqu'il la comparait à la couleur tout à fait semblable de ses yeux de gazelle.

Et à quoi rêve-t-elle, Jeanne, qui se perd dans l'écume de sa main si pâle, si blanche ?

Jamais il n'a osé le lui demander les innombrables fois où il l'a vue disparaître au plus loin d'elle-même, répugnant à l'idée d'interrompre un tête-à-tête dont le partenaire ne lui était que trop connu et presque familier à force. Pourtant il sent qu'il va y céder, comme si ce qui s'était passé la nuit dernière devant le feu l'y autorisait...

« A quoi rêvez-vous, Jeanne ? »

Jeanne ne bouge pas. Seules remuent ses lèvres.

« Je ne rêve pas. Je pense... Je pense à vous. »

Les rames s'arrêtent. Pierre sent ses bras mous, aussi mous que tendu son cœur dans la poitrine, tendu d'écoute.

« Je crois, continue-t-elle, je crois qu'en effet vous êtes en danger, Pierre, mais que vous vaincrez.

— Je vaincrai ?

— Oui. »

Ils ne se regardent pas. Comme le feu, il y a quelques heures à peine, c'est l'eau qui maintenant sert de relais, amortit les chocs que des regards échangés ne supporteraient pas, l'eau étale depuis que la barque s'est immobilisée, lénifiante, capable de tout entendre, de tout absorber.

« Pourquoi ?

— Parce qu'il le faut, Pierre.

— Et pourquoi donc le faudrait-il, ma bonne amie ? »

Pierre a mis trop de choses dans sa question, il s'en rend compte, mais trop tard. Il y a mis de l'esbrouffe, celle de l'aventurier à l'âme un peu touareg, que les dieux de l'Islam et de la Chrétienté peuvent bien se disputer, ils n'en auront rien! Il y a mis sa liberté d'homme qu'aucune femme n'a jamais domptée, encore moins une veuve! Il y a mis l'impertinence d'un corps à qui toute idée de modération et d'économie de soi donne la nausée et, pour bien compliquer les choses, pour ne pas être en reste avec la fondamentale et inévitable contradiction humaine, il y a mis, l'attendrissant, l'irréductible jeune homme, il y a mis un vague espoir, le vague espoir que Jeanne... Mais la réponse arrive, claire, dépouillée :

« Parce que la mort n'est pas belle. »

Maintenant on peut se regarder. Ils se regardent. Jeanne installe ses deux yeux dans ceux de Pierre. Lui qui s'interrogeait sur leur couleur, il la voit maintenant. C'est la couleur du vrai, le vrai du constat de la mort et de sa laideur.

La phrase de Jeanne est plus qu'une réponse, ce sont deux yeux — qui ont vu — posés sur le monde, deux yeux qui savent.

Pierre reste muet. Il se doutait bien que Jeanne l'avait approchée d'assez près, la Fatale Rivale, qu'elle en était encore assez proche pour pouvoir témoigner de sa trompeuse beauté! N'était-ce pas aussi pour cela qu'il l'avait conviée au moulin? Pour qu'elle lui raconte, qu'elle lève pour lui le voile de la Femme sans visage? Une extraordinaire paix envahit Pierre, une sérénité liée au soulagement de se trouver, précisément sur cette riante rivière, si précieuse à sa vie, avec cet être hors du commun qui bavarde si quotidiennement avec la mort, de se trouver au cœur des choses.

« Parlez-moi d'Elle, voulez-vous ? » parvient-il enfin à dire.

Et Jeanne va raconter... Raconter de quelle subtile manière Elle, la Rivale, s'est immiscée dans la vie de l'absent, les rendez-vous secrets, puis les provocations, les chantages, comme ils se sont battus, Jeanne et lui, pour la repousser, comment ils y sont parvenus mais combien peu de temps, pourquoi ils ont perdu leurs forces et renoncé, de quelle abjecte façon, enfin, Elle a gagné et gagne encore...

Pierre, qui a repris les rames, accompagne la voix sobre, juste, qui file comme l'eau battue en cadence. Toute la rivière l'accompagne dans le mouvement lent qu'elle donne à la progression calme du récit. Par moments, pour mieux fixer une image ou un mot, Pierre laisse ses rames au repos, et la rivière avec lui paraît s'immobiliser, puis il retrouve la cadence et rattrape la conteuse au tournant d'un souvenir.

Jamais il n'a écouté personne avec une telle attention, une telle exigence.

Au fur et à mesure que Jeanne parle, sans tragédie, presque neutre, moins avec le souci de frapper que de convaincre, plus en pédagogue qu'en actrice, Pierre apprend à se familiariser avec l'Ennemie. Il arrive à la reconnaître sous tous ses masques, ses travestissements, à comprendre aussi le côté ordinaire de sa laideur. La mort se démystifie. Et Pierre de conclure : la mort est une pouffiasse, une dangereuse pouffiasse.

Jeanne se tait. Elle a fini son histoire. Elle a l'air soulagée. Voilà qu'ils se sentent aussi délicieusement bien qu'au troisième verre de Cahors de cette nuit. Et puis il fait chaud là encore. Le soleil, renfrogné derrière une épaisse brume ouateuse, les couve quand même avec insistance. Pierre est collé à sa chemise, Jeanne aux coussins. Pierre ne dit rien. Il n'a rien à dire. Tout est enregistré, adjugé, vendu.

Il s'arrête de ramer et désigne quelque chose :

« La voilà. »

Jeanne sursaute.

« Pas la mort, l'île ! »

C'est en riant qu'ils vont débarquer...

Les voilà maintenant assis côte à côte, barbotant les pieds dans l'eau, sous l'unique arbre de l'île, voûtée, semblable au dos d'un rhinocéros géant qui se serait assoupi pour la sieste malgré les coups de bec des moineaux. Pierre déconseille le bain. Il n'est pas sûr de l'eau depuis la construction en amont d'une usine aux agissements douteux.

« Mais ne m'avez-vous pas dit que vous vous baignez certains soirs ?

— Il est vrai, mais moi je suis une vieille bête préhistorique à la peau coriace. »

Il revoit le dos nu de Jeanne le jour où elle était si transie, la blancheur transparente presque inquiétante de sa peau pénétrée du froid mortel.

« Vous savez, Jeanne, que ma couverture a gardé quelque chose de votre parfum.

— Ah ! »

Difficile de savoir si ce « ah » est de simple surprise, s'il ne s'y ajoute pas aussi de l'intérêt. Ce serait bien...

« Au fond, je dors un peu avec vous... »

Pas de réaction. Non, ce n'était pas de l'intérêt : Jeanne est loin. Elle est repartie dans un souvenir où Pierre n'est pas invité. Elle s'est esquivée. Comme d'habitude elle s'en est allée sur un signe imprévisible y compris pour elle. Elle n'a eu le temps ni de prévenir ni de s'excuser de cette absence momentanée, pas le temps de mettre un écriteau. Il n'y a plus qu'à attendre son retour, au dialogue suivant ou plus tard. Comme avec une somnambule dont il faut respecter l'étrange marche endormie, Pierre attend qu'elle se réveille à lui. Il barbote tout seul, pas très fier de ses gros genoux, de ses gros mollets...

« En tout cas, elle m'a réchauffée ! » dit Jeanne.

C'est à Pierre d'être réveillé. Jeanne ne prévient pas non plus quand elle revient.

« Elle arrive droit d'un chameau... Du désert... J'y ai vécu assez longtemps... Je m'y suis même marié...

— Ah ! »

Deux menottes noiraudes s'agrippent à nouveau au cou de Pierre. Il flotte dans l'air une odeur de thé à la menthe, de mouton rance.

« Pourquoi êtes-vous revenu ?

— Je ne sais pas... (Mais si, il le sait, il le sait très bien...) Peut-être pour revoir le moulin... (Il hésite.) Une... une dernière fois. »

Il y a des mots qui font mal aux nerfs, à la peau. Il y a des mots qui donnent la chair de poule jusqu'au fond des prunelles, jusque sous la corne des ongles. Pierre a froid d'être hérissé ainsi. Pourtant il continue :

« Sauf que vous n'étiez pas prévue, Jeanne... »

La chair de poule s'évanouit. De fines piqûres, des multitudes de petites pointes de feu la remplacent. Pierre a chaud d'être aiguillonné ainsi. Il se tourne vers elle.

Jeanne ouvre la bouche.

Elle va dire « ah ! », mais le mot lui reste dans la gorge.

Elle n'est pas contente, pas contente du tout.

Elle jette les sandales sur la valise, cette valise qu'elle n'a pas voulu ranger, justement, le premier soir, pour à tout moment pouvoir plier bagages. Que ne l'a-t-elle fait d'ailleurs ?

Rageusement, elle ôte la robe qui lui irrite la peau, les nerfs. Elle éponge son cou, ses aisselles, avant de la piétiner sous ses pieds poussiéreux : robe de frime, naïve cotonnade pour faire croire à la normalité des choses, trompe-l'œil pour duper l'été, se duper soi-même !

Qu'est-ce qu'il lui veut à la fin, cet homme ?

La robe serpillière rejoint les sandales.

N'a-t-elle pas été suffisamment claire ?

Jeanne s'assoit sur le lit et s'adosse au mur. En accéléré, elle repasse le film, depuis son arrivée, jusqu'à cet après-midi sur la rivière, jusqu'à la dernière réplique : « Sauf que vous n'étiez pas prévue, Jeanne... »

Cette phrase est un piège, un piège bien monté qui se referme. C'est le moment en tout cas où le film va casser dans le projecteur, le moment où l'on doit rallumer les lumières, quitte à décevoir le public, à l'interrompre en plein rêve, séparer les amoureux qui se bécotent dans l'obscurité.

Elle ne trouve rien dans la succession des scènes qui ressemble de sa part à un encouragement, non vraiment rien. L'aurait-elle voulu d'ailleurs qu'elle n'y serait pas parvenue, la preuve en est son effarement au moment des aveux ambigus de Pierre devant le feu.

Il se monte la tête, c'est tout !

Jeanne regarde la valise et la robe d'apparat, d'apparence, rendue à sa vérité de chiffon. Dans trois jours, tu seras partie de toute façon, alors... Alors, du calme, du calme...

Les moucherons du soir commencent à valser par centaines devant la fenêtre. On se demande comment ils n'entrent pas en collision, comment ils parviennent à danser si frénétiquement en s'évitant au dernier moment. Est-elle moins qu'un moucheron elle qui se cogne avec application sur le seul obstacle qu'elle avait pourtant tout le temps de voir venir ?

Pierre un obstacle ? Ce n'est pas ainsi pourtant qu'elle l'avait imaginé, sauf au tout début, il est vrai, lorsqu'il l'obligeait à se contenir, à faire face en contraignant sa volonté.

Jeanne se lève et s'avance vers la coiffeuse. Le miroir lui renvoie sans tergiverser l'image d'un corps féminin nu qu'elle n'avait plus regardé depuis des mois et là c'est la stupéfaction. Là elle comprend : la bicyclette pratiquée chaque jour pendant près d'une semaine a redonné aux cuisses, aux bras, le bombé, le charnu de la force ; l'air et la lumière de la rivière ont coloré la peau d'un éclat un peu nacré et les soupes pléthoriques de Pierre, le vin riche de Cahors, les tartines de rhubarbe arrondi tous les angles aigus de l'abstinence, de la prostration. Jeanne a devant elle un corps plein de femme, un corps tentant de femme. Elle comprend que l'obstacle n'est pas au-dehors, qu'il n'est pas en Pierre : il est en elle-même et Jeanne est debout face à lui. C'est l'obstacle de la chair revenue à la vie sans son assentiment, sans son véritable accord, une vie qui la devance, la prend de court, une vie qui court-circuite son infini désespoir.

De même que la petite lumière de joliesse découverte au fond de ses yeux l'autre nuit l'avait bouleversée et déchirée, l'évidence de ce corps plus rapide qu'elle à repousser le deuil la renverse. Et c'est lui — au-delà des confidences mélancoliques et morbides qui les rapprochent, les mettent en harmonie — c'est lui ce corps, et d'abord lui, qu'elle expose à Pierre depuis plusieurs jours sans trop se rendre compte que cet homme se cogne sans doute au même obstacle...

Elle s'accoude à la fenêtre. Son irritation est tombée. Le découragement prend sa place. Tout est si lourd, si compliqué... Elle se met à penser au seul être au monde capable par sa tendresse, sa clairvoyance, de tout alléger, de tout simplifier et dont l'absence, paradoxalement, la seule absence, est cause de cette lourdeur, de cette complication actuelles auxquelles elle ne sait pas de remède. Qu'aurait-il dit, qu'aurait-il conseillé en cette circonstance lui, l'absent, qui savait d'un seul mot, d'un seul regard lumineux...

Jeanne a réappris plus vite que prévu à se nourrir, à pédaler d'un corps avide de vie, et voilà que son âme reste en rade, loin derrière, surchargée, portant à elle seule les baluchons du deuil en criant au corps, loin devant, « Attends-moi ! Attends-moi ! », mais lui ne se retourne déjà qu'à contrecœur — l'âme le voit bien — il s'impatiente, le sang bouillonnant, il voudrait respirer, marcher à grandes enjambées, il voudrait... oublier la pesante, douloureuse compagne qui traîne la patte et l'implore jusqu'à l'écœurement.

La rivière coule, indifférente, tranquille. Au loin, l'île rhinocéros ressasse peut-être les paroles prononcées, les mots de Pierre : « Sauf que vous n'étiez pas prévue, Jeanne... »

Imprévisible Jeanne, qui ne s'est pas prévue elle-même !

« Allez, un dernier verre, pour la route ! »

Pierre se laisse servir. Il est tellement abattu qu'elle pourrait lui proposer n'importe quoi, Lucienne, n'importe quelle mixture.

Juché en haut du tabouret, renfrogné, il grommelle depuis près d'une demi-heure.

L'épicière parle dans le vide. Il a simplement envie d'être près d'elle, de voir ses vieilles mains s'agiter au-dessus du comptoir, d'entendre sa voix compatissante s'attendrir sur le malheur du monde et toutes les vilenies humaines. Il sent qu'il en fait partie, Pierre, du malheur du monde ce soir.

« Je m'en vais vous dire quelque chose, monsieur Cambon. »

Tiens, la voilà affectée. Il redresse la tête.

« Je trouve que vous n'avez pas bonne mine, si vous voulez mon avis ! »

C'est toujours comme ça avec la mère Trobel, elle finit toujours par mettre le doigt là où ça fait mal.

Pierre baisse la tête. Il regarde ses chevilles :

« C'est vrai...

— Et même que vous avez grossi et de la mauvaise graisse encore !

— C'est vrai », répète-t-il, un peu plus écrasé.

Elle ne bouge pas. Attentive, elle semble attendre une explication, une excuse.

Il essaie de sourire :

« La vieillerie, madame Trobel, la vieillerie...

— Allons donc, vous nous enterrerez tous ! »

Pierre éclate de rire très fort, trop fort, à cause de la petite phrase, leur petite phrase.

L'épicière l'interrompt gravement :

« Faut vous surveiller, mon p'tit. »

Pierre attrape la main usée au doigt levé, un peu menaçant. Il y met un baiser, un baiser de fils.

L'ancienne ne s'y trompe pas et lui ébouriffe les cheveux. Cela veut dire : « sale gamin, garnement, brave gosse, je t'aime, tu sais » et plein d'autres bonnes choses du même genre qu'il était venu chercher.

Ils restent tous deux à contempler l'émotion qui plane, puis Lucienne toussote en libérant sa main et, avec une vivacité étonnante, file dans l'arrière-boutique et revient avec une assiette de cochonailles.

Pierre la regarde qui découpe l'andouille de Vire.

« Goûtez-moi ça », dit-elle.

Pierre lève des yeux ironiques qu'elle interprète aussitôt :

« Vous vous surveillerez demain ! »

Bon, avec l'épicière, on peut se comprendre...

Ils mâchent lentement, au même rythme. Ils savourent la même complicité.

« Je l'ai vue, l'autre jour, avec la bicyclette...

— Je sais, elle me l'a dit...

— Faut qu'elle s' remplume un peu.

— Je m'en occupe, madame Trobel. C'est pas la cuisine qui m' fait peur !

— Elle est bien chez vous ? »

La question gêne Pierre. Il revoit le retour de l'île avec Jeanne muette, distante au fond de la barque, Jeanne fâchée. Il ne dit rien.

L'épicière lui tend un morceau de saucisse, dure, poivrée, comme il aime. Il avale une rasade de vin.

« C'est compliqué, dit-il enfin, faute de mieux.

— Pour sûr que c'est compliqué. Vous voudriez pas que ça soit simple, tout d' même ! »

La mère Trobel s'est redressée de toute sa hauteur. Pierre la connaît : si elle s'enflamme, rien ne peut l'arrêter, elle va jusqu'au bout du boniment et on n a pas intérêt à l'interrompre. On en a vu plus d'un au village filer doux quand elle s'est mise en tête de lui dire son fait. Elle arrose le tout d'un coup de gnole, d'une gentille caresse et ça passe. Qui sait si on ne vient pas à l'épicerie pour cela ? Qui sait si Pierre lui-même ce soir... Mais la voilà lancée. Elle découpe la vérité comme la cochonaille :

« ... Pour vous aut', les hommes, faudrait qu' ce soit tout, tout de suite ! Vous vous dites : allez, quelques jours de bon air et de bonne soupe et j' vais la rendre heureuse, tu vas voir ! Et puis ça marche pas ! Ce s'rait trop facile, hein ? Et puis le mari, le mort, il vous sort par les yeux à la fin à force qu'il est dans vos pattes du matin au soir, pas vrai ? C'est pas bon pour vot' orgueil ! C'est vous qu'êtes vivant et c'est pas vous qu'en profitez ! C'est l'aut' qu'est plus là ! C'est pas juste quoi ! J' connais, j' connais... Et puis vous êtes un homme et elle une femme, non ? Alors ça crée des besoins, non ? C'est ce que vous vous dites, non ? »

Il se demande s'il doit réagir... Mais la bonne vieille Lucienne continue, comme si Pierre avait mijoté depuis longtemps dans sa tête, prêt à être servi à grandes platées d'évidences :

« Et c' qui complique, c'est qu' par moments, c'est pas qu'elle oublie mais elle est vivante elle aussi, cette femme ! Alors elle a l'air comme les aut', comme toutes les aut' ! Et vous croyez qu' c'est arrivé et puis, patatras ! Vous êtes bon pour tout r'commencer ! J' connais, j' connais... Et puis, vot' vieillerie, elle vous donne des idées noires, vot' vieillerie ! Quand c'est pas la p'tite qui vous fait peur, c'est vous qu'avez peur tout seul, peur d'êt' vivant, peur d'êt' mort, p'têt' les deux à la fois ! P'têt que vous vous dites : et si j' faisais pas l'affaire ? et le mort, ça vous arrange qu'il soit là, alors, pas vrai ? Pas vrai, mon p'tit ? »

Pierre regarde la vieille femme, sidéré : c'est bien en effet ce qui s'appelle « passer à la casserole ».

« C'est vrai », admet-il, extraordinairement soulagé.

L'épicière hausse les épaules avec éloquence et rajuste son chignon. Elle a l'air déjà ailleurs.

« Madame Trobel...

— Quoi donc ?

— Je vais installer mon lit chez vous, je crois...

— Pourquoi donc vot' lit ?

— Parce que, voyez-vous, c'est comme ça qu'on fait chez certains médecins. Ils vous installent un lit pour que les gens s'allongent et s'entendent dire leurs vérités.

— Y a pas besoin d' lit pour causer. Quand faut causer faut causer, c'est tout ! Si vous avez des choses à dire à cette femme, vous avez qu'à lui dire, à elle ! Elle est pas malade, elle vous voit pas, c'est tout ! Ah ! Elle a mal, pour sûr ! Faut qu'elle vous voie ! P'têt' que ça la soulagera elle aussi...

— Vous... Vous croyez ? »

En guise de réponse, elle lui retire de la main la dernière portion de saucisse qu'il allait avaler, subtilise l'assiette et nettoie vigoureusement le comptoir avec son chiffon.

« Mangez pas trop ! »

Pierre descend du tabouret, un peu groggy.

« Elle part dans deux jours, vous savez, madame Trobel...

— Elle reviendra ! Elle reviendra ! Allez ouste ! C'est qu'il faut que j' ferme la boutique, moi ! »

Tout est prêt : la jatte de farine, le beurre ramolli, la tourtière, les abricots lavés, dénoyautés. Tout est bien ordonné sur la toile cirée. Tout est prêt, sauf Jeanne.

Elle avait dit, sans réfléchir, en prenant les abricots que Pierre lui tendait :

« Je peux faire une tarte, si vous voulez ! » et il avait battu des mains.

Maintenant, debout devant la table de la cuisine, sa promesse la paralyse. Des centaines de tartes sucrées d'enchantement, sablées et croustillantes de félicité, des centaines de tartes mignotées, peaufinées, par amour et pour lui seul, la paralysent. Elles s'accumulent comme une pièce montée d'attrition, avec au sommet l'éternel couple de mariés sculptés dans la meringue qui fondent de s'être quittés et pleurent d'épaisses coulées de sirop écœurant.

Jeanne tangue dans les miroitements de la rivière renvoyés par les carreaux de la fenêtre ouverte et qui tremblent eux aussi comme s'ils étaient saisis, eux aussi, de la même peur, du même froid de la trahison, car c'est bien de cela qu'il s'agit, n'est-ce pas, de trahison ! On ne fait pas une tarte pour faire une tarte, on fait une tarte pour quelqu'un. Une tarte est un hommage, un don, un don de soi. Pierre l'a bien compris qui a battu des mains.

Jeanne oblige sa mémoire à revenir en arrière, là où les images incandescentes brûlent impitoyablement son être par le souvenir qu'elles ravivent. Elle veut revoir. Elle veut se rappeler... Quand était-ce donc, la toute dernière tarte ? Fut-elle seulement mangée par celui à qui elle a été dédiée ? Ne l'a-t-il pas plutôt saluée du regard pour dire merci, d'un pauvre regard qui n'en peut plus, les lèvres déjà scellées aux plaisirs d'ici-bas ? Ne s'est-elle pas promis, sans le formuler vraiment, ce jour-là de ne plus jamais... ?

Et pourtant tout est prêt, la tourtière, les abricots placés sur la nappe cirée comme des objets de culte sur un tabernacle. Tout est prêt sauf Jeanne.

Franchir la passerelle du moulin le premier soir n'était rien auprès du grand saut qu'elle exige d'elle-même cette fois. Ce saut surplombe un tel gouffre qu'aucune faute n'est permise. Depuis des mois que Jeanne a condamné sa marche à de si petits pas afin de mieux mesurer la souffrance, la contenir, pourra-t-elle ouvrir ses jambes au grand écart de la simplicité, la simplicité d'une tarte aux abricots rendue à son naturel, dépouillée de la solennité et de son cortège ?

La porte du moulin claque avec fracas. Pierre est rentré, la grande bourrasque de vie. Jeanne l'écoute qui jette les bûches près de la cheminée en soufflant bruyamment. Les verres cliquettent à nouveau dans le vaisselier. De la cuisine, toujours immobile devant l'autel du souvenir, elle le suit dans ses déplacements barbares qui font protester les meubles, résonner les dalles.

Bientôt, elle entend les crépitements du feu qui doit être grandiose comme d'habitude, puis le crachotis du tourne-disque suivi d'une goualante à vous tordre le cœur.

Alors la folle idée vient à Jeanne, une idée qui ressemble à une tricherie : et si tous ces bruits d'homme à côté n'étaient pas ceux de Pierre, si c'était... Elle tangue de plus en plus au milieu des reflets mordorés de l'eau. Si c'étaient ceux de... Folle, folle idée ! Et pourtant si intense qu'elle devient plausible. Tant qu'elle ne voit pas Pierre, tant qu'elle l'entend seulement l'impossible est possible, la folie concevable.

Une plénitude extrême lui inonde le corps, se dilue dans toute sa tête, une plénitude tiède qui se substitue au brasier de la mémoire, la mémoire incendiée. C'est doux. Les mains gagnées par cette douceur se mettent à bouger, d'abord très lentement, puis de plus en plus vite. Sans s'en rendre compte, Jeanne a plongé ses doigts dans la farine. Elle pétrit le beurre, le mélange tendrement, amoureusement. La pâte prend forme. Jeanne la presse, la roule entre ses paumes, les yeux mi-clos, suspendue aux mouvements, aux pas de ce quelqu'un qui déambule dans l'autre pièce sans visage, avec tous les visages possibles. Tous ? Non, un un seul !

A côté donc le feu crépite, la chanteuse se lamente

en beauté. A côté surtout, on marche, on marche d'un pas d'homme.

Jeanne a conscience qu'elle triche. Il le faut pour allonger ses jambes, les assouplir en vue du grand saut, du grand écart.

Tous les coups sont permis du moment qu'on passe le gouffre.

La farine tournoie, s'élève en poudre d'or. Les mains se démultiplient, les abricots voltigent. Les objets du culte se profanisent, sortent de l'emphase du deuil. La farine redevient farine, le fruit un fruit. En même temps qu'elle construit sa tarte, Jeanne franchit le précipice tout à l'heure si redouté du serment transgressé, du « jamais plus » trahi, mais quand elle posera le dernier abricot au centre de sa construction, dernier morceau du puzzle fatal, elle comprendra que le danger est passé, qu'elle est à nouveau sur la terre ferme et qu'elle a bien sauté, en trichant il est vrai, mais elle a bien sauté.

Voilà. Elle regarde son œuvre, confondue, incrédule. La tarte est prête et elle est magnifique. Qui osera donc lui demander pour qui elle l'a préparée cette tarte aux abricots ? Pas même elle que la confusion et le simulacre viennent de sauver.

C'est à ce moment qu'elle a entendu la voix de Pierre.

Trop émue pour n'être pas déçue, mais aussi trop lucide pour être surprise, Jeanne s'incline devant l'évidence de cette voix qui redessine également un visage et un seul. Pierre s'adresse au téléphone à un interlocuteur qu'elle va identifier aussitôt, par bribes à cause de la musique peut-être mise exprès d'ailleurs :

« ... les chevilles gonflées... un malaise dans la nuit... Les médicaments ?... Devenir raisonnable... oui, oui... Je comprends, Docteur... »

C'est à ce moment aussi que Jeanne s'est sentie un peu honteuse de n'avoir pas fait la tarte aux abricots pour Pierre, Pierre seulement.

« Jeanne, vous êtes la reine des tartes ! Si je puis me permettre cette expression... »

Pierre se lève, pousse un cri entre le mugissement et le barissement, s'étire, bouscule les assiettes, fait tomber une fourchette, s'extrait de la table, ramasse la fourchette, se cogne au banc, peste.

Il se sent éclater de nourriture, de vin, d'air, d'ardeur. Sur son estomac le dernier bouton de la chemise encore vaillant se donne du mal pour contenir tous ces trop. Incroyable d'ailleurs, s'étonne-t-il, qu'un bouton puisse à lui seul maîtriser tant d'excès, maintenir le fragile écart entre la culture et la nature ! « Tenir à un fil »... L'expression pour le coup a du sens...

Il se frotte le genou et sourit à cette femme qui le contemple une fois de plus avec perplexité. Ce qu'elle pense en cet instant précis, il ne tient pas à le savoir particulièrement. Ce qu'il sait, c'est qu'elle a les joues bien roses. Comme elle a plaisanté ce soir ! Voulait-elle faire oublier la distance, la fâcherie de l'après-midi ? Et elle y est parvenue : Pierre est à des années-lumière de cette ombre de la fin de promenade.

« Vous savez, ajoute-t-il, ce n'est pas rien une femme qui vous prépare un dessert. Moi, ça ne m'est pas arrivé depuis très très longtemps... Pour les sucreries, voyez-vous, je trouve que rien ne vaut une main féminine. C'est trop délicat, vous ne pensez pas ? »

Pierre est planté devant Jeanne assise qui se tait, détourne les yeux.

Pourquoi ne répond-elle pas ?

« Merci, merci en tout cas, ma bonne amie, pour cette... faveur... »

Pas de réponse et les yeux toujours en allés, hors d'atteinte. Pierre retrouve la même inconfortable impression d'attendre dans le vide comme le premier matin lorsque inlassablement il avait réchauffé l'eau pour le thé. Se peut-il que ce soit la même personne qui, en quelques secondes, disparaisse, trompe la sympathie, l'harmonie ? N'est-ce pas odieux à la fin ?

Pierre gonfle un peu plus derrière le bouton de la chemise. Il gonfle d'impatience.

Et comme d'habitude Jeanne revient. Elle revient avec ses deux yeux de matador qu'elle va piquer, c'est sûr, dans ceux de Pierre :

« Il faut que je vous avoue quelque chose », dit-elle.

Pierre craint le pire et il a raison. Une femme dotée d'un tel sens moral ne fait pas de quartier lorsqu'il s'agit de confesser.

« Cette tarte, je... je l'ai... Enfin, je l'ai faite pour vous bien sûr, mais en pensant... en pensant aussi à... quelqu'un... à quelqu'un d'autre...

— Taisez-vous ! »

Les mots sont venus tout seuls. Ils ont la détermination de la main puissante plaquée sur la bouche.

« Je voulais seulement...

— Taisez-vous ! » Même ton, même fermeté.

Le silence pèse plus lourd sur l'estomac distendu de Pierre que la nourriture, le vin, l'air, l'ardeur. Il pèse de colère réprimée, endiguée derrière le bouton de la chemise, au point que chaque terme de la phrase qui va suivre doit être calculé au gramme près :

« C'est à moi, moi seul, que cette tarte fut si généreusement proposée et moi, moi seul, semble-t-il, qui l'ai mangée, appréciée. C'est ainsi, Jeanne.

— Il me semblait... (Jeanne se trouble) que je devais... »

Pierre explose et le bouton avec et la culture et la nature et tout le courroux réprimé, endigué... Il explose pour la tarte à partager, pour les dérobades sans préavis, pour tous les « peut-être » alignés comme des bâtons d'écolier depuis deux semaines comme autant de mauvais points, de réprimandes imméritées, pour la hanche sable avec des impressions vertes de la couleur de la rivière, pour le départ aussi, imminent :

« Il est mort ! Mort, m'entendez-vous ! On n'offre pas une tarte à un mort, Jeanne ! Ou si on le fait, on ne s'en vante pas ! Et qui vous obligeait à me le dire ? A qui profite cette prétendue transparence si ce n'est à vous, à vous seule ?

— Mais... c'est que... » Pierre la coupe :

« C'est que vous confondez tout : la morale, la vérité, la bonne conscience ! Ça vous rend aveugle à la fin ! Allez-vous continuer ainsi longtemps à me prendre le peu d'air qui me reste pour le donner à quelqu'un qui n'en a plus besoin ? Allez-vous longtemps me le mettre dans les pat... dans les pieds, du matin au soir ? Et puis, est-ce ma faute à la fin si vous êtes une femme et moi un homme, si vous êtes vivante, désirable avec vos joues roses, votre hanche qui s'arrondit à vue d'œil ! Alors par moments, je me lance ! Je crois que c'est arrivé ! Comme un con... Et patatras ! La minute d'après, je suis bon pour tout recommencer ! Mais je ne suis pas à toute épreuve, moi ! J'ai même la désagréable idée que j'en suis à la dernière des épreuves, comprenez-vous ? La dernière, oui ! Avant le grand saut ! Avant que la barque ne coule ! Alors qu'est-ce que vous risquez, hein ? Qu'est-ce que vous risquez à me faire une tarte pour moi, pour moi tout seul, si c'est la dernière ou l'avant-dernière ? Qu'est-ce que vous perdez à me le faire croire, à mentir s'il le faut, puisque pour le moment je suis là, moi Pierre, en face de vous ? Est-ce que vous allez ouvrir les yeux, bon dieu ! Est-ce que vous allez enfin me voir ? »

Pour le voir, elle voit !

Hirsute, débraillé, l'estomac proéminent, toute sa masse débordante, vulcanienne, ondulant d'indignation, Pierre l'animal, le rustre, force les frontières de Pierre l'homme, le jusqu'ici courtois. Il met au monde sa vraie nature primitive.

Fascinée par cette métamorphose accompagnée de sueurs, de houles étranges, Jeanne ne souffre même pas des invectives qui jaillissent comme des sécrétions et lui arrivent dans un brouillage de cris et d'images bien trop extrêmes. Elle n'a pas mal : elle est assommée !

Mais lui souffre, pour le voir, elle le voit ! Il souffre cet homme exaspéré qui a perdu le dernier bouton de sa chemise et qui, sexe ballant, attend en soufflant comme après une course éreintante, la main au côté sous le sein où perlent de nouvelles sueurs, une réponse, un signe.

A quoi bon les mots ? Jeanne qui connaît la souffrance sait leurs limites. L'urgence est ailleurs, ailleurs que dans les mots. C'est pourquoi sans doute machinalement elle se baisse, examine le sol alentour. Où est-il ? Où est-il donc ? Elle s'accroupit, tâtonne les dalles, se met à genoux puis à quatre pattes, inspecte sous le banc. Le voilà ! Elle tend le bras. Jeanne se relève. Sourit gentiment — à elle-même ? à Pierre qui semble ne pas saisir ? à la chance ? Et elle tend à Pierre le bouton de la chemise :

« Vous avez du fil et une aiguille ? »

Les marches en terre en bordure du « jardin » s'éboulent sous son poids.

Pierre se raccroche aux herbes du talus et se laisse glisser jusqu'à l'eau noire.

Le sol, vaseux à cet endroit, lui chatouille les orteils. Quelques mètres dans cet humus gras, visqueux et l'eau grimpe le long des cuisses et du ventre qui frémit : « Dedieu qu' c'est froid ! » Doucement balloté dans les vaguelettes que déplace le corps, son sexe flotte comme une méduse et Pierre doit le rabattre contre lui en le recueillant dans le creux de ses mains pour l'empêcher de dériver. Parfois son pied heurte un caillou, mais la douleur est immédiatement amortie par la froidure de l'eau.

Pierre prend son temps. L'entrée progressive dans sa rivière, plus qu'une simple baignade, est une cérémonie. Le corps a besoin d'en apprécier toutes les notes, différentes à chaque point de contact de la peau avec l'eau. Celle-ci arrive maintenant à la poitrine, cette poitrine qui lui cause tant de soucis et qui ferait bien d'apprendre de la rivière la douce tempérance.

Pierre avance encore d'un pas. Aux épaules à présent de goûter la caresse horripilante des vaguelettes sur le gras des omoplates.

Avant de nager, Pierre demeure quelques minutes à humer les effluves de l'air qui se mélange à l'eau. Il renifle à fleur d'eau les bouffées de vase et d'herbe pourrissante auxquelles il ajoute ses odeurs d'humain.

Plus l'eau est noire, comme ce soir déserté par la lune, plus il se sent devenir lui-même élément, trait d'union possible entre terre et eau, un peu poisson, un peu oiseau, homme enfin, pacifique, pacifié, bien à sa place en tout cas.

Debout, la tête seule hors de l'eau, Pierre sent le liquide qui s'enroule autour de son corps et le palpe sans pudeur.

Le clapotis sur les murs proches du moulin répond à l'écho lointain du cœur assagi, convaincu.

Instinctivement, Pierre se met à uriner et l'eau se réchauffe délicieusement entre ses jambes envahies de chair de poule : « Dedieu qu' c'est bon ! » Cette fois, il appartient bien à la rivière : leurs eaux sont confondues. Il peut y aller.

Pierre s'allonge sur le côté et nage à l'indienne, non qu'il sache nager autrement, mais cette façon est celle qui épouse le mieux l'intimité du fleuve dans lequel il glisse sans éclaboussures, sans bruit.

Il contourne le moulin et s'en éloigne de quelques brasses. Au milieu de la rivière il se renverse sur le dos pour souffler et admirer sa maison. C'est son plus bel angle.

Les yeux mouillés s'accoutument à l'obscurité.

Bientôt la pierre, un peu plus claire que le ciel, commence à se détacher de l'ombre. Pierre s'émerveille à nouveau devant les formes à la fois paysannes et sveltes du moulin dont le donjon s'élève bien au-dessus des rangées d'arbres.

Pierre commence à distinguer la fenêtre mansardée. Jeanne ne dort pas. La lampe de chevet est allumée et papillote comme la flamme d'une bougie. Cette lueur vacillante lui ressemble : frêle et tenace tout à la fois, car sur la façade éteinte du moulin, c'est le seul point de vie dans l'endormissement général des choses et des êtres. Pierre revoit Jeanne recousant le bouton devant le feu d'un geste si appliqué, si fraternel qu'il en a eu les larmes aux yeux, et puis la douceur de la veillée où c'est elle, à sa grande surprise, qui a tenu à lui faire la lecture d'une voix ferme, posée. Où donc va se nicher toute cette énergie entre les cassures du cœur ?

La rivière cette nuit a quelque chose d'un peu morne. Elle aussi a l'air d'avoir cédé au sommeil. Pierre a beau tendre l'oreille, il ne l'entend pas glousser, éructer comme d'habitude pour lui rappeler qu'ils sont nombreux à partager ce bain dans le secret de l'ombre. Aucune anguille ne vient se faufiler sous son dos, aucune carpe bondir entre ses pieds. « Bon, c'est pas gai, je rentre ! »

Pierre nage. Il n'a donc pas pris garde à la sensation pourtant bizarre du premier choc sur son bras. Il ne comprend qu'au second puis au troisième que l'on se cogne à lui, assez légèrement cependant, comme pourrait le faire un morceau de branche aspiré par l'eau. Tout en nageant, il parvient à s'emparer d'un de ces objets qui maintenant se multiplient contre son buste, sa jambe.

Ce qu'il vient de saisir le fige sur place : ce n'est pas une branche ni un résidu de la rive, c'est un poisson, mais pas n'importe quel poisson. Pierre tient dans sa main le corps d'un poisson mort, glacé, durci.

L'impression est terrifiante. Pierre sent ses jambes l'abandonner. Heureusement, il a pied : la terre même un peu molle vient à son secours et lui rend son équilibre. Ce qui va suivre ressemble à un cauchemar. Pierre est entouré maintenant d'une nappe de poissons morts. Ils sont des dizaines puis des centaines à confluer ainsi sur son corps paralysé d'horreur. Malgré l'obscurité, il distingue le reflet blanc des ventres retournés. Ce moutonnement clair de la mort lui soulève le cœur. Il sent qu'il va vomir. Il lui faudra plusieurs minutes pour prendre la décision de marcher, de ne pas rester là, ventre parmi les ventres, à mourir sur place lui aussi, dans la même blancheur immobile, définitive. Il marche. Il marche difficilement en se frayant un chemin parmi la masse presque compacte de tous ces corps collés, agglutinés qui semblent s'en prendre à lui, lui demander des comptes. Il lui faut attraper les poissons un à un, les jeter au loin pour avancer et chaque fois sentir dans sa paume la rigidité effroyable de leur cadavre. Pierre sans s'en rendre compte sanglote en arrivant sur la berge. Des sanglots d'effroi, de dégoût. Pour la première fois de sa vie d'homme il sanglote d'épouvante, épouvante bien plus grave, bien plus solitaire sans mère pour l'abriter, sans père pour la raisonner. Ces sanglots le poussent vers le moulin. Il court tel un fou poursuivi par ses propres appels qu'il prend pour les cris d'agonie de toute la rivière, traverse le petit pont de bois en se cognant aux balustrades et sans réfléchir avale en hurlant les deux étages de la maison pour finir contre la porte de Jeanne où il tambourine avec ses poings, ses pieds, tous les cris de son âme éperdue.

La porte cède. Jeanne est debout dans une longue chemise blanche. O image bénie de cette chemise de nuit couleur de jour ! O senteur bénie de cette femme qui peut prendre dans ses bras l'homme en sanglots !

Se peut-il que des yeux d'homme puissent contenir tant de larmes ? Se peut-il qu'un cœur d'homme puisse renfermer tant de plaintes ?

Longtemps Jeanne les verra couler, s'exhaler.

De son lit, pelotonnée dans « la tente », le menton sur les genoux, elle regarde en silence Pierre debout, le dos devant la fenêtre ouverte sur la rivière, en suivant les mouvements convulsifs de son chagrin dans la couverture qu'elle a placée sur ses épaules.

Le spectacle de ce qui se passe en bas, elle le découvre progressivement sur le corps supplicié de Pierre. Le peu qu'il lui en a dit l'a bouleversée. Elle n'a pas voulu voir de ses yeux. Immédiatement elle s'est réfugiée à l'écart, encore accrochée à l'image apaisante de la rivière devenue sa compagne à elle aussi, à qui elle a confié durant des jours l'angoisse, les paroles muettes, et qu'elle ne peut concevoir saccagée, moribonde.

Ce qu'éprouve Pierre, elle n'a pas besoin d'aller bien loin pour en mesurer l'ampleur. La plaie qui vient de s'ouvrir en lui, dans sa chair d'homme, elle la porte en elle-même depuis plusieurs mois comme une balafre qui défigure l'âme.

L'aube, elle le sait, l'aube blafarde va rendre plus hideuse encore la déchirure. Pierre va-t-il le supporter ? Elle voudrait bien à son tour, lui faire la courte échelle...

Voici d'ailleurs les premières lueurs, l'éclairage forcé de la scène redoutable dans la crudité du jour. Pierre recule, demeure ainsi quelques secondes tétanisé. La couverture tombe des épaules. Tout son corps nu tremble.

« Jeanne ! appelle-t-il dans un souffle aussi glacé que lui.

— Oui ?

— J'ai froid...

— Venez. Venez près de moi ! »

Jeanne se lève, attrape Pierre par le bras, le pousse jusqu'à son lit.

Il se laisse coucher. Il grelotte.

Jeanne le couvre et se glisse sous les couvertures près de lui. Avec précaution elle l'attire dans ses bras : la puissance abandonnée, désemparée de Pierre est soudain tellement fragile qu'il ne faudrait pas la casser...

Elle prend contre elle ce froid fondamental et diffuse sur lui la chaleur accumulée dans sa tente. Bientôt elle entend se briser les cristaux de la peur dans sa chemise de coton tiède.

Pierre a mis son visage dans le cou chaud qui se prête aussitôt au bombé du front, aux boucles encore humides, à l'arête du nez, au râpeux du menton.

Pour les finitions, Jeanne enroule dans les siennes les chevilles épaisses de la fatigue et du chagrin portés jusqu'au jour.

« Ça va mieux ? »

Pierre ne répond pas. Il dort d'un sommeil colossal...

Ah ! Pierre ! Pierre que vous êtes lourd ! Lourd comme la pierre qui porte votre nom ! Lourd à vous abandonner ainsi dans des bras qui serrent depuis des mois le corps sans densité de l'absence ! Lourd aussi d'être abandonné dans cette vie qui se met à compter vos jours !

Que peut-elle faire, elle, de toute cette lourdeur, elle qui venait ici pour chercher l'allégement ?

Pierre, le colosse endormi et désespéré, écrase le cou de Jeanne, le sein de Jeanne, la jambe de Jeanne et par-dessus tout, il écrase la force de vie de Jeanne encore abstraite, friable surtout parce que lui manque encore l'espoir pour cimenter le sable.

Faire entrer Pierre dans sa chambre, soutenir silencieusement sa peine, lui ouvrir son lit, le prendre dans ses bras pour le réchauffer, tout cela Jeanne l'a fait légèrement. C'est seulement maintenant que Pierre se met à peser. Il pèse d'être l'autre.

Jeanne ne dort pas...

Jeanne ne dort pas d'avoir à veiller Pierre, veiller un vivant.

Pierre ouvre les yeux dans le cou de Jeanne.

Il n'ose pas bouger, ni déplacer son épaule un peu endolorie prise dans l'étoffe de la chemise de nuit, ni dénouer les chevilles. Sur le cou bat une petite veine qui soulève la peau. Pierre est dans le cou de Jeanne et ne s'en étonne pas. Ça sent l'arbre fruitier chauffé au soleil, ça sent l'abricot.

Cette veine qui bat, ce discret métronome de la vie mesure la sienne. En bas la rivière a rendu l'âme par la stupidité des hommes. En haut Pierre retrouve la sienne par la simplicité d'une femme. C'est normal.

Pierre écoute le corps de Jeanne : le souffle léger qui caresse son front à cadence régulière, la poitrine qui crisse sous les boutons de la chemise en se soulevant. Sur le ventre contre lequel il a replié son genou comme un gros matou qui sait les endroits chauds, il sent d'autres battements plus sourds, plus lointains, qui répondent à la veine du cou, la douce horlogerie.

En bas le lit de la rivière est mort. Il a pris la forme d'un linceul vert moisi. En haut le lit de Jeanne est animé. Il a pris les dimensions d'un fleuve de coton blanc qui court et qui palpite. C'est normal.

Pierre ignore où son propre cœur est allé se perdre. Pour le moment, il s'arrange très bien de celui de Jeanne qui semble battre pour deux.

Pierre n'ose pas bouger. Seuls ses cils papillonnent contre le cou de Jeanne.

« Vous êtes réveillé ?

— Oui, et vous ?

(Question idiote, pense-t-il, puisqu'elle vient de lui parler, mais c'est ce qui vient dans ces cas-là.)

— Je n'ai pas fermé l'œil !

(Elle a dit cela sans nuance de reproche mais quand même.)

— C'est ma faute. J'ai dû vous écraser... »

Jeanne a un petit rire, un gloussement de fatigue.

« Vous devriez dormir un peu, le jour se lève à peine... Attendez... »

Il libère le corps de Jeanne. Aussitôt elle roule sur le côté. Il la sent qui cherche sa place, son espace intime. Enfin elle cale ses reins tout près du ventre de Pierre, recroqueville ses jambes à l'intérieur de la chemise de nuit. C'est donc ainsi qu'elle dort ?...

Une émotion douce envahit Pierre à voir cette femme qui s'endort en petite fille.

« Vous êtes bien, Jeanne ?

— Je suis bien... »

Pierre entend son propre cœur qui a repris sa chevauchée solitaire, un peu plus vite qu'à l'ordinaire — il y a de quoi — mais sans les pincements de certains matins menaçants.

« Vous allez vous endormir ?

— Je crois... Je crois... »

Est-ce la douceur un peu lasse de la voix de Jeanne, l'odeur savonneuse de sa chemise de coton, le moelleux de l'étoffe qui accentue les courbes de l'épaule à la cheville, ou tout simplement l'abandon si confiant de ces fesses de femme si près, trop près de lui ? Il s'en fout, Pierre, des motifs, des causes historiques. Ce qu'il sait, c'est que dans le lit de Jeanne, on s'anime de plus en plus, on s'anime d'une façon qui ne laisse aucun doute sur la sincérité de la chair : Pierre désire Jeanne sans ambiguïté, avec raideur et fermeté.

« Jeanne !...

— Oui ?

— Jeanne ?...

— Oui. »

Entre les deux « oui » le monde s'est suspendu. Entre les deux « oui » le monde a basculé.

Alors Pierre roule lentement la chemise de nuit jusqu'en haut des reins. Ses deux larges mains enlacent les hanches comme une brassée de lys, blancs, si blancs !

Et Pierre pénètre Jeanne. Et Jeanne se laisse prendre.

Jeanne dort profondément, les mains jointes entre ses cuisses mouillées.

Du drap monte une odeur marine qui la réveille quand elle bouge, mais elle se rendort avec avidité, dévorant le sommeil à grandes lampées d'heures comateuses, plombées.

Il faudra le soleil de midi et les grincements de la porte pour la sortir de cette torpeur réparatrice.

Sur le lit il y a un plateau. Sur le plateau : la théière marocaine, la confiture de rhubarbe, un bol, quatre tranches de pain beurrées et un petit papier. Sur le papier ces mots : « Ma bonne amie, j'aimerais vous emmener au village. Ne regardez surtout pas la rivière. Pierre. »

Jeanne s'assoit, verse le thé, décide d'aller voir à la fenêtre, relit le mot, se ravise, mange les quatre tartines. C'est son premier petit déjeuner au lit : un plaisir oublié, du temps de la désinvolture, du temps où parfois l'absent lui aussi...

Sur ses mains elle retrouve l'odeur marine. Ça va

bien avec la confiture de rhubarbe. Elle aime les odeurs, Jeanne — on le lui a assez reproché petite fille, toujours à renifler quelque chose. Même le désespoir, elle en connaît l'odeur, celle de la suie poisseuse, du salpêtre.

Le soleil a beau s'escrimer à astiquer les meubles pour les faire briller, il n'arrivera jamais à bout de ce chagrin odorant englué à la chambre. Il en reste toujours des traces. C'est pour cela aussi qu'elle s'y trouve bien. Mais, indéniablement aujourd'hui, l'odeur marine domine toutes les autres.

Jeanne repousse le plateau, ouvre le lit. Elle contemple son ventre nu, la chemise de nuit en boule, les poils désordonnés, collés. C'est le ventre d'une femme qu'un homme a visitée : c'est simple, on ne peut plus simple ! Et cet homme s'appelle Pierre.

Alors comme ça elle a pu, sans problème, sans pleurer ? — Oui, elle a pu, sans problème, sans pleurer.

Il a dit « Jeanne ? » Elle a répondu « oui ». Et ce matin rien ne la distingue d'hier matin, si ce n'est la présence de l'odeur marine et ce ventre en désordre qu'une douche ordonnera, simplement, on ne peut plus simplement...

La douche, elle la prend presque froide. Le visage tendu sous la pluie claire, rafraîchissante, caressant longuement son ventre, ses cuisses, laissant ruisseler l'eau dans les boucles candides de sa toison, pas pour effacer, non, non, pour le bien-être...

Encore, encore la pluie douce qui n'en finit pas de la

dorloter, de l'inonder de gouttelettes bienfaisantes...

Il a dit « Jeanne ? » Elle a répondu « oui ». Ensuite elle a gémi, gémi de plaisir comme n'importe quelle femme.

Pierre aussi a dormi longtemps, lui aussi plongé profond dans l'épaisseur des heures, enroulé dans sa couverture, car il a rapporté de là-haut en quittant le corps assoupi de Jeanne des émotions dont il avait oublié la puissance, saoulantes au point d'en tituber en descendant les escaliers.

Il a dit « Jeanne ? » Elle a dit « oui ». Brassée de lys blancs, si blancs, cueillis d'un coup... La rivière à qui il aurait voulu offrir en se baignant au réveil ce bouquet imprévu ne peut célébrer la liesse des fleurs : elle charrie des couronnes de deuil mousseuses, d'un jaune dégoûtant. Les agissements douteux de l'usine en amont ne font donc plus de doute : la rivière transporte des tonnes et des tonnes de bêtise humaine et les poissons sont morts. Mais Pierre ne pleure plus. Il ne pleurera jamais plus. Pourquoi ? Parce que.

Elle va descendre...

Et lui que va-t-il faire, que va-t-il dire, ce timide vieux jeune homme ?

Il a mis ce matin une chemise bleue de Paris avec tous ses boutons, des poignets mousquetaires et un pantalon de lin écru qui le comprime : habits du dimanche, habits de fête pour corps en fête...

Elle va descendre et il arpente les dalles dans l'espoir d'assouplir la toile serrée du lin sur son estomac.

De nouveau l'image fulgurante de la nuit lui revient par bouffées qu'il respire jusqu'au dernier arôme d'émoi, les jambes flageolantes, et il éprouve alors cette même sensation d'être au bon endroit au bon moment que lorsqu'il se baigne au clair de lune.

Se baignera-t-il encore ? Pierre pour la énième fois se poste à la fenêtre et s'abîme dans le gâchis. Les magmas de mousses se réduisent mais d'immenses aréoles de produits huileux stagnent maintenant sur le courant en irisant l'eau de reflets rougeoyants, et sur tout cela, un silence lourd, le silence de l'été arrêté en pleine jouissance, en pleine effusion, et le vol désorienté des oiseaux qui n'osent plus boire, rasant la rivière sans un cri...

« Vous non plus, vous ne devriez pas regarder ! »

Pierre se retourne. Elle est là, le plateau dans les mains.

« C'est vrai. Vous avez raison ! Vous avez vu ?... »

Jeanne emporte le plateau à la cuisine. Il la suit des yeux dans sa robe bleue (tiens, elle aussi !) et il se dit qu'il aura du mal à ne pas repenser à la chemise de coton roulée jusqu'aux reins.

Elle revient :

« Non. Je n'ai pas regardé. (Elle marque un temps.) Je vous ai obéi... »

Leurs regards se croisent. Ils pensent à la même

chose, avec la même quiétude, le même souci surtout de ne pas gêner l'autre. Il y a aussi du bleu dans la grâce de cet échange. Voilà ce n'est pas plus compliqué que ça, se dit Pierre et sa timidité fond d'un coup, presque trop vite, presque trop bien.

« On y va ? suggère-t-elle avec cet empressement qu'elle avait mis à réclamer la bicyclette pour sa première randonnée.

— Allons-y, allonso, claironne Pierre.

— Vous aussi vous dites cela ?

— Oui, pourquoi ?

— Oh !... Pour rien... (Mais quand on dit « pour rien » c'est toujours pour quelque chose et quelque chose d'important.) Mon père aussi aimait cette expression...

— Bon, il ne me manquait plus que d'être votre père ! »

Jeanne rit. Elle rit vraiment. Pas de ce rire qu'il connaît bien maintenant, arraché à la gorge comme un sanglot qui se serait trompé de son, mais d'un vrai rire qui ne retombera pas, qui maintiendra sa note sur la frange aiguë de la gaieté.

Ce rire a sur Pierre l'effet de la chemise de coton à l'odeur savonneuse, à l'étoffe moelleuse, un effet enivrant, peu compatible avec le pantalon de lin trop étroit. Pour donner le change, il fourre le sac à provisions dans les bras de Jeanne, s'empresse de lui ouvrir la porte du moulin. La gaieté de Jeanne les poussera de l'autre côté de la passerelle sans un regard pour la rivière languissante...

Quand Pierre roule la toile du toit ouvrant de sa

voiture au-dessus de la tête de Jeanne afin que l'été partage avec eux la promenade jusqu'au village, il s'aperçoit qu'il roule encore une certaine chemise de nuit sur des reins plus lumineux que le soleil de midi...

Le désordre de la voiture de Pierre est un désordre d'homme. D'homme également l'odeur qui imprègne tous les sièges et qu'elle conserve un peu dans son cou depuis la nuit : l'odeur de la pétulance arrivée aux confins de la maturité, aux limites de la crête du temps.

Jeanne se laisse conduire pour la première fois. Pour la première fois aussi elle accompagne Pierre à l'épicerie sur cette route dont elle connaît chaque tournant, chaque arbre. Mais sous la patte brusque, masculine, le paysage défile autrement. C'est une autre route.

Elle ressent une certaine douceur à ce changement. C'est le passage à la féminité, le passage de l'effort à l'abandon.

Depuis qu'elle s'est réveillée, d'ailleurs, elle éprouve cette impression attendrie de consentement. Elle se meut dans une parenthèse, une bulle sans pesanteur où toute volonté, toute pensée un peu sérieuse deviendraient dérisoires.

Elle regarde Pierre diriger la voiture, admirative, comme si elle n'avait jamais tenu un volant de sa vie.

Elle se sent délicieusement neutre. Elle se sent délicieusement bien. Elle allonge les jambes loin devant elle, pose sa tête sur le dossier du siège, inerte et heureuse de l'être.

Un homme — ami, amant ? Pauvreté des définitions !... Un homme de paix sûrement — l'emmène quelque part et c'est bon. Sur quelques kilomètres, pour un bout de campagne, elle se repose sur lui, elle se repose tout court, elle s'allège de la nuit et c'est bon.

Pierre a la bonne idée de demeurer silencieux, de ne rien lui demander qui l'oblige à l'effort des mots. Le vent s'empare des cheveux. Elle ne les retient pas, pas plus qu'elle ne retient les vagues rêveries qui viennent butiner sa tête vide et repartent dépitées sans le pollen espéré...

La voiture s'arrête. Jeanne reconnaît la place, le banc.

« Vous êtes fatiguée ? demande Pierre.

— Non, pas du tout... J'étais bien...

— Vous préférez m'attendre dans la voiture ? propose Pierre, visiblement à contrecœur.

— Mais non ! Je vous accompagne ! (Jeanne se redresse.) Allons-y, allonso !... »

Ils font carillonner ensemble la porte de l'épicerie.

Lucienne Trobel derrière son comptoir les contemple sans mot dire. Ses yeux vont de lui à elle, puis demeurent sur elle.

Jeanne retrouve la silhouette pensive de l'autre jour, l'air recueilli entre les bandeaux blancs des cheveux. De loin lui avait échappée l'indulgence un peu accablée du regard avec pourtant ce rien de fierté de ceux que l'affliction n'a pas vaincu et ne vaincra jamais.

Un ange passe ? Si c'est un ange, il a les ailes crêpées de noir d'une sœur jumelle. Jeanne la découvre dans le reflet anticipé du futur, quelques secondes à peine, ses propres cheveux blanchis retenus en chignon sur un cou fané et digne. Quels yeux se mouillent les premiers au travers du miroir posé là sur un comptoir d'épicerie entre des bocaux de bonbons colorés et une planche de bois à découper le jambon ?

Jeanne se tourne vers Pierre : si lui le sait, c'est donc à lui d'intervenir :

« Madame Trobel, voilà Jeanne... Elle apprécie beaucoup votre saucisson », dit-il.

L'épicière tend sa main. C'est plus qu'une main : une vie entière de femme qui a tenu entre ses cinq doigts l'abondance et la vacance des choses. Jeanne la prend, sans la serrer, pour la toucher plutôt, ainsi qu'à l'entrée d'une chapelle désaffectée on effleure du bout des doigts la pierre d'un bénitier à sec, en guise de respect plus que de croyance.

« Bonjour, bonjour, dit l'épicière la voix un peu chamboulée... Vous faites rudement bien du vélo ! »

La remarque fait rire tout le monde, surtout Pierre, et l'épicière de poursuivre, plus affermie :

« C'est que je m' demandais... Pourquoi donc elle ne vient pas me voir, la dame de m'sieur Cambon ? »

Jeanne a perçu le reproche.

« Je ne suis pas beaucoup sortie... Je suis un peu... disons : sauvage !

— C'est pas plutôt qu'il veut vous garder pour lui

tout seul ? » La vieille dame lève le menton vers Pierre.

« Mais non, voyons, réplique Pierre, gêné. Allez, servez-nous donc, madame Trobel ! »

Jeanne les laisse faire. D'ailleurs, ils se parlent très peu. L'épicière remplit le sac à provisions sans poser de questions. Parfois elle désigne un cageot. Il répond oui ou non de la tête et ça suffit.

Jeanne s'est assise sur le haut tabouret. Elle est seule soudain, juchée sur sa solitude.

La complicité des deux vieux amis met Jeanne dans un état complexe de sécurité et d'insécurité. Cette vieille paysanne l'intimide comme si elle en savait trop, et cependant, c'est pourtant à elle, à elle seule, qu'elle se confierait maintenant, de femme à femme, de sœur à sœur...

« On va trinquer, pas vrai ? Arroser la visite de vot' Jeanne ! »

L'épicière sort une bouteille et trois verres à bistrot.

Jeanne n'a pas envie de boire. Il fait trop chaud, trop jour. Et puis, elle ne voit plus bien ce qu'elle aurait à arroser, à quoi elle lèverait son verre. Elle sent une tristesse lui barbouiller le cœur...

La mère Trobel et Pierre bavardent. Jeanne les entend mais ne les écoute plus. Ils parlent de la rivière.

Soudain Pierre presse son bras :

« On va rentrer, Jeanne... Je dois passer d'abord chez le boucher. J'en ai pour cinq minutes ! » Est-ce une fuite ? Une ruse ? Les deux femmes se retrouvent seules.

L'épicière rince les verres. Jeanne sent la tristesse remonter vers la gorge. Au-dehors un tracteur passe. Son vacarme recouvre le bruit des mots non prononcés.

« Ça n' va guère hein, ma p'tite. » La réponse est déjà dans la question.

Jeanne essaie de libérer sa gorge, repousse les sanglots un à un :

« J'ai... j'ai du mal à... » C'est ce qu'elle peut dire de mieux, Jeanne.

« Pardi !... Je sais, je sais... » Il y a un silence, une sorte de recueillement, puis elle repart :

« Vous aviez pourtant l'air bien gais et endimanchés, tantôt, en arrivant chez moi ! »

Jeanne ne répond pas. Elle revoit défiler le paysage et elle, abandonnée, délicieusement vide.

« Vous allez partir, paraît ?

— Oui. Demain.

— Faut r'venir, faut r'venir ma p'tite... Il vous fera pas de mal cet homme ! Il vous fera que du bien ! »

A nouveau Jeanne se tait.

« Vous l'aimez pas vraiment, vous l'aimez pas d'amour, c'est ça ?

— Je... Je ne peux pas... »

L'épicière l'interrompt : « Ça viendra, ça viendra ! C'est comme le vélo, cette chose-là ça vient tout seul ! Un jour on pédale et on fait des kilomètres sans qu'on s'en soit rendu compte ! Et puis si c'est pas avec lui, ce s'ra avec un autre ! »

Jeanne sourit à l'image du vélo. Les sanglots sont refoulés.

L'épicière sent-elle le terrain gagné ? Elle va plus loin :

« Il vous a au moins rendu hommage, notre Pierre ? »

Jeanne se demande si elle comprend bien la demande. Elle regarde l'épicière dans les yeux. Les yeux sont sans équivoques : elle parle de ce qui s'est passé cette nuit...

Jeanne hésite :

« Oui, s'entend-elle avouer, ébahie.

— Bon ! »

Le « Bon ! » de la mère Trobel se met à grignoter maintenant la tristesse qui barbouillait le cœur. Jeanne se demande quelle tristesse, quelle angoisse pourraient bien résister à la gloutonnerie de cette personne exemplaire.

Quand Pierre revient, il y a de la bonne humeur dans l'air. Quant à lui, il a cet air attendrissant et pataud d'un homme débarquant en pleine intimité de femmes.

« Un navarin d'agneau, ça vous va ? » lance-t-il à Jeanne, histoire de reprendre sa place. Les femmes sourient.

C'est l'épicière qui répondra :

« Ça lui va, mon p'tit, ça lui va !... »

Dans la voiture, Jeanne reprend sa position, jambes allongées, tête ballante.

Pierre propose de rentrer par une autre route — elle veut bien — et de mettre de la musique, « quelque chose qu'il voudrait lui faire écouter » — elle veut bien...

Quelques accords de contrebasse et une trompette annoncent un thème qu'elle reconnaît vaguement.

Jeanne tourne la tête vers Pierre. Il répond : « *All the things you are,* 1945, Charlie Parker dit Bird, Birdie. »

Et le saxophone inonde la voiture.

Jeanne écoute avec intensité, car écouter pour quelqu'un qui vous le demande c'est une autre façon d'écouter, c'est confondre l'attention, c'est tendre vers une inclination commune qui ce matin a un sens, à cause du bleu de l'harmonie, de la promenade faite à deux.

Pierre conduit Jeanne sur une route nouvelle. Il la conduit aussi dans cette musique qu'il connaît par cœur comme on ouvre un sentier mille fois parcouru en écartant les branches qui pourraient griffer le visage, en annonçant avec une fierté de propriétaire l'imminence d'une clairière admirable ou d'un tapis de mousse plein de fleurs rares. Il la guide du saxophone au piano, du piano à la guitare, qu'elle ne s'égare pas surtout, qu'elle profite bien, sans inquiétude, de la beauté des rythmes. Par moments il fredonne, il entre dans l'orchestre, une manière de saluer, de dire bonjour à ses amis et revient vers Jeanne pour lui indiquer le chemin, en s'excusant presque de l'avoir laissée quelques secondes seule dans cette forêt de notes encore un peu étrangères. La contrebasse et la trompette suraiguë maintenue en équilibre clôturent la flânerie.

Jeanne regarde Pierre :

« C'est fini ? » demande-t-elle comme elle dirait : « On est déjà arrivés ? »

« Non, répond Pierre, c'est maintenant peut-être que ça commence vraiment... C'est cela que je voulais vous faire entendre : la même musique, le même air, cinq ans plus tard. C'est dans une boîte de nuit, en Suède. Charlie Parker n'en a plus pour longtemps. Il est seul, il est drogué... Dans peu il sera mort... Et il le sait. Sa musique le sait... »

Cette fois Pierre prend Jeanne par la main, au sens propre. Sa puissante poigne recouvre et la main de Jeanne et son genou, comme s'il fallait tout à coup les protéger parce qu'une main et un genou de femme c'est fragile. Jeanne et Pierre repartent avec *All the things you are* pour une seconde randonnée, un second tour.

« Tenez-vous bien ! » lui crie Pierre et le manège s'emballe avec le saxophone de Bird qui érafle l'air et claque au vent, toile fendue, bannière déchirée. La contrebasse n'a pas eu le temps d'avertir, ni la trompette. Le saxo de Charlie s'est engouffré sans s'être annoncé. On dirait qu'à bout d'air, à bout de souffle, il cherche son thème au milieu de la salle enfumée, parmi les rires des buveurs de whisky. Enfin il le trouve et il pleure dessus. De joie ? De tristesse ? Impossible de le dire. Le saxophone chiale et dégringolent les notes qui ne peuvent pas sortir simplement, qui ont besoin pour se libérer du cuivre de monter et de descendre jusqu'à épuisement avec des cris stridents d'hirondelles rendues folles par le coucher du soleil et l'envie de boire.

Jeanne a l'impression que Pierre va plus vite. Le vent roule, déroule les cheveux, happe les vêtements.

Le vent attrape au vol la musique, la gifle violemment et repart enragé. Emportée par la musique, Jeanne chevauche maintenant l'une des hirondelles. Accrochée aux plumes de son cou, elle plonge avec elle dans l'abîme des notes graves, rase le sol vertigineusement et redécolle vers l'aigu, le cœur affolé. La main de Pierre l'empêche de tomber tout en accompagnant l'effort solitaire de Parker qui n'en finit pas de perdre et de retrouver son thème défiguré par la drogue, le désespoir. Parfois la trompette, le piano se portent à son secours, mais pour quelques instants seulement, sans trop y croire, sans illusion. Mais au moment où Jeanne se demande comment tout cela va se terminer, Charlie, Bird les gratifie d'un sourire, car retrouvant son thème pour la dernière fois il s'offre le luxe suprême de le laisser inachevé, comme s'il avait toute la vie devant lui pour en jouer la fin...

Pierre ralentit, retire la cassette et arrête la voiture en pleine campagne, en plein silence.

Jeanne remet de l'ordre dans ses cheveux. La main de Pierre est toujours sur son genou. Sa tête est chavirée. Le manège à l'arrêt n'en finit pas de tourner... Enfin le paysage s'immobilise.

Pierre et Jeanne se regardent, longuement, intimement sous le ciel dru. Les pêches tiédies au soleil sentent le sucre.

Pierre s'est installé en bordure du jardin avec son livre. Quand il lève la tête, il voit la rivière, au fil des heures, changer de forme et de couleur dans le courant neuf qui la pousse. Quand il se retourne, il voit la femme au fil des heures changer de forme et de couleur dans l'herbe ensoleillée qui la dore. L'une et l'autre lui importent également. Toutes les deux il les voudrait comblées, heureuses. Il bavarde tantôt devant, tantôt derrière, parfois avec des mots, parfois sans.

Demain Jeanne va partir, la rivière restera. A elle aussi, à la rivière, il lui faudra réapprendre à vivre peut-être...

« Jeanne ?

— Oui ?

— Je trouve que la rivière reprend allure humaine, si je puis dire...

— C'est bien. Je suis heureuse pour vous, Pierre.

— Je ne suis pas sûr que les poissons reviennent, vous savez !

— Mais si. Ils reviendront, ils reviendront !

— Vous croyez ?

— Je vous le promets. »

C'est ce que Pierre voulait entendre : une promesse de la bouche de Jeanne.

C'est la mauvaise heure.

Jeanne roule sur elle-même. Se réduire, dans la chambre mansardée. N'offrir aucune ouverture à l'ouragan de souffrance qui approche. Elle sent déjà sa pression glaciale sur son dos courbé de force, sur sa nuque collée à l'aide des bras contre les genoux.

Jeanne roule dans le feu qui consume lentement le corps aimé, celui de l'absent.

La brûlure est cuisante comme le gel.

Quand c'est fini, une nouvelle couche de suie recouvre toute chose.

Allongé dans le noir, Pierre est tranquille.

Dans quelques heures Jeanne partira, mais il est tranquille. Elle a promis pour les poissons, promis tout court. Elle a posé ses yeux sur l'avenir, autorisé le futur. Elle a déroulé devant Pierre le tapis rouge du temps. Il peut dormir seul, rien ne presse. La barque est étanche sur la rivière convalescente.

Comme le vieux Parker, l'hirondelle de son saxo en suspens sur le fil du sourire, Pierre peut bien s'offrir le luxe de différer le désir, avec, lui aussi, toute la vie pour en jouer la musique. Il a donc dit « Bonne nuit » à Jeanne en lui baisant le bout des doigts, en bas de l'escalier.

Il ne reste rien du navarin d'agneau aux légumes frais. Ils ont saucé en chahutant le fond de la marmite. Jeanne s'est léché les doigts. C'est peut-être aussi pour cette raison qu'il a voulu y déposer le baiser léger de la nuit.

Jeanne est accoudée à la fenêtre. Elle devine, plus qu'elle ne voit, la masse silencieuse de l'eau. Les clapotis sur les flancs de la maison n'ont pas encore retrouvé leur battement normal. Ils sont plus étouffés, comme empêchés. Ils cognent avec une sorte d'épuisement dont la pierre renvoie l'écho navré, solidaire.

Elle aurait préféré partir la rivière guérie, pour Pierre bien sûr, mais aussi pour elle-même. Mais retarder son départ ne se peut pas.

Elle a dit qu'elle partait et elle part, c'est tout, quitte à revenir...

Revenir ?

Est-ce une impression ou bien la valise est-elle plus lourde qu'à l'arrivée ?

Jeanne est devant. Pierre lui emboîte le pas sur la passerelle, le bagage à la main.

Est-ce une impression ou bien porte-t-elle le même tailleur beige qu'à l'arrivée ?

Jeanne marche lentement mais résolument. La passerelle, à chaque enjambée, résonne de cette hardiesse. C'est Jeanne qui donne au bois la mesure du départ, elle qui fait vibrer les planches dans les jambes plus incertaines de Pierre.

Est-ce la même personne qu'il fallut porter il y a seulement deux semaines pour la faire traverser ? Pierre, lui, en tout cas, n'est pas le même homme car alors il ne regardait pas le roulement des reins sous le tissu beige. Il n'imaginait même pas d'ailleurs que là puisse se cacher une cambrure de femme...

« Je vous accompagne jusqu'au village, ma bonne amie. Il faut que vous emportiez du pain. Il va vous manquer mon pain, vous verrez !

— C'est vrai, répond-elle, il va me manquer... »

Les deux voitures se suivent, mais cette fois Jeanne est en tête.

Deux semaines seulement et voilà qu'elle va toute seule et que lui, lui qui la conduisait, la guidait comme une aveugle dans ce même paysage, la talonne maintenant, s'accroche à elle jusqu'au dernier mètre des adieux. Mais ce n'est pas pour autant qu'il se traiterait de con ! Qu'y a-t-il de con à vouloir offrir du pain à une femme dont on a pris goût à beurrer les tartines ?

Jeanne s'arrête sur la place face à l'épicerie. Elle ne bouge pas. Sans doute ne tient-elle pas à saluer Mme Trobel, à faire durer les embrassades...

Pierre entre donc seul dans le magasin. Il est attendu. Sans qu'il demande rien, l'épicière lui tend un pain bien rond, bien ventru.

« Vous lui direz qu'il est tout frais de c' matin !

— Je lui dirai.

— Et aussi que... » Pierre l'interrompt :

« Je lui dirai ! »

Les yeux se croisent. Les yeux se comprennent. Pierre préfère se sauver.

Il traverse la rue, s'approche de la vitre ouverte de Jeanne et lui donne le pain :

« Il est tout frais de c' matin !

— Merci, Pierre.

— Et... Et elle aimerait bien vous revoir !

— Oui, moi aussi... J'aimerais bien !... J'aimerais bien la revoir ! »

Silence. Pierre s'appuie sur sa jambe gauche pas très convaincante, puis sur la droite, idem.

Pierre se dit que c'est à elle, à Jeanne qui a décidé, de décider encore.

Et c'est ce qu'elle fait :

« Allons-y, allonso ? propose-t-elle d'une voix tout à fait fausse.

— C'est ça ! » répond Pierre, à court de tout.

Elle lui tend la main. Il y pose les lèvres. Ça ne sent plus le navarin d'agneau.

Les yeux se croisent. Les yeux se comprennent.

Pierre marche vers sa voiture. Jeanne ne démarre pas. Peut-être attend-elle que ce soit lui, à son tour, qui fasse le premier geste ? Pierre s'assoit lourdement. Jeanne met son moteur en route.

Soudain, il voit la cassette de Parker et tout va très vite : il crie « Attendez ! », sort en trombe de sa voiture, se rue vers Jeanne et jette la cassette sur la robe beige :

« Je vous la prête... »

Pierre, essoufflé, s'essuie le front et ajoute :

« Comme ça, vous me la rapporterez ! »

Jeanne fait oui de la tête.

C'est plus fort que lui, il faut qu'il lui dise, qu'il lui dise tout de suite !

« Vous savez, Jeanne, je n'ai plus peur...

— C'est bien, Pierre, je suis contente.

— Et puis, je vous aime beaucoup... »

Elle lève les yeux vers lui et Pierre y voit venir deux vagues minuscules couleur d'étang.

« Moi aussi, Pierre, je vous aime beaucoup... »

C'est lui qui va partir le premier en faisant hurler ses pneus bien plus que de raison.

La place tombe dans le silence.

Jeanne sent grandir dans sa poitrine un immense soupir impossible à traduire.

Voilà, elle part... Il n'y a plus qu'à tourner légèrement la tête, à envoyer un baiser de la main au doux visage collé contre la vitre, avec les deux bandeaux de cheveux attachés en chignon qui encadrent le regard mélancolique de l'au revoir, et elle part...

Jeanne s'en va accompagnée de la certitude de revenir.

La musique de Charlie Parker que Pierre vient de lui offrir jette sur la route les petits cailloux blancs qui aideront au retour.

Aux deux vaguelettes couleur d'étang viennent s'ajouter d'autres marées plus sombres.

Toutes larmes confondues, Jeanne déchire à nouveau la France. Il le faut. Mais quand les eaux se seront taries, qu'elles auront cessé de brouiller le regard, c'est l'image de Pierre planté devant elle à moitié nu sur la berge de la rivière, ses testicules offerts à la nature comme la preuve de sa droiture, c'est cette image essentielle qui lui reviendra. A ce moment seulement, elle se rappellera qu'elle a oublié tout simplement de lui poser la question de sa nudité.

Il s'en doutait bien : le jour est arrivé. Elle sera là ce soir.

Le temps que la soupe cuise et elle sera là.

Il aura fallu pour cela qu'il parle à la rivière, qu'il la couve jour et nuit en écoutant ses pulsations sur les flancs de sa maison. Il aura fallu que la première ablette saute hors de l'eau, jaillie d'un éclat de rire, sous la passerelle.

Pierre lui a dit pour l'ablette et Jeanne veut la voir, absolument.

Elle sera là ce soir.

L'épicière lui a fait cadeau des légumes.

L'épluchage devant la fenêtre ouverte de la cuisine dans le clapotis retrouvé de l'eau lui fait monter les larmes, à moins que ce ne soit les oignons aux fortes bouffées de bulbes...

Le cœur parfois s'arrête de battre sans prévenir.

Ainsi le cœur de Pierre, fendu d'un coup comme le bois de la barque qui cède en pleine rivière.

DU MÊME AUTEUR

SYSTÈME DE L'AGRESSION, introduction, chronologie et choix de textes philosophiques de Sade, Aubier-Montaigne, 1972.

LE CORPS À CORPS CULINAIRE, Seuil, 1977.

JUSTINE OU LES MALHEURS DE LA VERTU DE D.A.F. DE SADE, présentation, notes et bibliographie, Gallimard, coll. Idées, 1981.

HISTOIRES DE BOUCHES, récits, Mercure de France, 1986, prix Goncourt de la Nouvelle, 1987, Folio, 1988.

À CONTRESENS, récits, Mercure de France, 1989, Folio, 1990.

LA COURTE ÉCHELLE, roman, Gallimard, 1991.

À TABLE, Album de famille, Éditions du May, 1992.

TROMPE L'ŒIL, Voyage au pays de la chirurgie esthétique, Belfond, 1993.

Impression Brodard et Taupin
à La Flèche (Sarthe),
le 7 août 1993.
Dépôt légal : août 1993.
Numéro d'imprimeur : 6245H-5.
ISBN 2-07-038746-1 / Imprimé en France.

64499